French Short Stories for Beginners

Volume 2

10 EXCITING SHORT STORIES TO EASILY LEARN FRENCH & IMPROVE YOUR VOCABULARY

TOURI

HTTPS://TOURI.CO/

ISBN: 978-1-953149-24-4

CONTENTS

Free Audiobooks

Touri has partnered with AudiobookRocket.com!

If you love audiobooks, here is your opportunity to get the NEWEST audiobooks completely FREE!

Thrillers, Fantasy, Young Adult, Kids, African-American Fiction, Women's Fiction, Sci-Fi, Comedy, Classics and many more genres!

Visit AudiobookRocket.com!

RESOURCES

TOURI.CO

Some of the best ways to become fluent in a new language is through repetition, memorization and conversation. If you'd like to practice your newly learned vocabulary, Touri offers live fun and immersive 1-on-1 online language lessons with native instructors at nearly anytime of the day. For more information go to Touri.co right now.

FACEBOOK GROUP

Learn French - Touri Language Learning
Learn Spanish - Touri Language Learning

YOUTUBE
Touri Language Learning Channel

ANDROID APP
Learn Spanish App for Beginners

FREE FRENCH VIDEO COURSE

200+ words and phrases in audio
you can start using today!
Get it while it's available

https://touri.co/freefrenchvideocourse-french-ss-beg-vol2/

Why We Wrote This Book

We realize how difficult it can be to learn a language. Most often learners do not know where to start and can easily feel overwhelmed at tackling a new language.

At Touri, we have identified a gap in the market for engaging, helpful and easy to read French stories for all levels. We believe it is much easier to understand words in context in story form as opposed to studying verb conjugations or learning the rules of the language. Don't get us wrong, understanding the construction of the language is important, but the more practical approach is to learn a subset of words that you as a learner can practice with today.

Our goal is to provide learning material that is engaging to make learning French fun. We want you to feel confident when speaking with native speakers, even if it's just a few words. The key is to focus on building a foundation of commonly used words and you'll be setting yourself up for long-term success.

HOW TO READ THIS BOOK

French Short Stories for Beginners Vol 2 is filled with engaging stories, basic vocabulary and memorable characters that make learning French a breeze!

Each story has been written in with you the reader in mind. The best way to read this book is to:

a.) Read the story without worrying about completely understanding the story but making note of the vocabulary you do not understand.

b.) Using the two summaries, French and English provided after each story take the time to make sure that you got a full grasp of what happened. Doing this will help you with your comprehension skills.

c.) Go back through the story and read it again after having a better grasp of what happened. You may take a more concentrated approach to trying to understand everything, but it's not necessary.

d.) Sprinkled throughout each story you will also find vocabulary words in bold, with a translation of each of these words found at the end of the stories. This is also another great way for you to expand your vocabulary and start using them in sentences.

e.) We want you to get the most out of this book and learn as much as possible, which is why we have also included a list of multiple choice questions that will test your understanding and memory of the tale. The answers can be found on the following page.

f.) Most importantly, have fun while you're exploring a whole new world and learning French! We are so excited for the journey you're about to embark on!

CHAPTER 1. LES CHOSES GEANTES SONT FAITES DANS UNE USINE !

Un beau jour, dans une **cabane** perchée sur un arbre, un groupe d'enfants étaient **rassemblés** pour passer la journée ensemble. Ils étaient tous amis depuis un très **jeune** âge, ils allaient à la même **école** et passèrent leur temps libre l'un avec l'autre. Ce jour-là, ils étaient chez Hervé. Celui-ci, **allongé** sur son **dos** sur le **sol**, un bras sous la tête, avait l'air pensif, Un moment après, il se redressa pour prendre une position **assise** et dit à ses amis :

-Vous vous rappelez de la **fête d'anniversaire** d'Aurélie ?

-Je ne pense pas qu'on est prêts de **l'oublier** de sitôt. Répondit Capucine en posant son livre d'histoire avant de se tourner vers lui.

-C'était la fête la plus amusante de ma vie ! Remarqua Aude avec un sourire.

-Oui ! S'écria Marcel. Il y avait tellement de jeux ! On avait droit à jouer sur le trampoline et on pouvait même aller dans la **piscine** !

-Et il y avait tant de bonnes choses à manger ! Ajouta-Cyril avec un sourire rêveur.

-Tu parles de la pinata ou des **coupes de glace** ? Lui demanda Aude avec un **sourire taquin**.

-Je pense qu'on est tous d'accord que la Pizza **géante** était la star du buffet. Dit-Hervé.

-Mais j'y pense, comment fait-on une pizza aussi grande ?

Les autres enfants prirent un moment pour penser à une réponse à la question de Capucine mais Aude fit la première à répondre et dit que son père lui avait dit que les choses géantes sont faites avec des pièces rassemblées dans une **usine**.

-Je suppose que ce serait logique vu que la pizza avait quatre parties avec des **garnitures** différentes. Dit-Marcel en hochant la tête

-Ma partie préférée était celle avec la garniture poulet **champignons**, miam ! Vous imaginez si nous essayons de faire une nous-même ? Demanda-Cyril avec enthousiasme.

En entendant cela, les quatre autres commencèrent à **rêvasser**. Ils furent transportés de leur petite cabane en bois à une grande usine sophistiquée avec plein de machines et de **matériaux**.

-On va commencer par diviser les **tâches**. Dit-Hervé. Capucine et Cyril vont faire la **pâte**, Aude et Marcel vont préparer la sauce et moi, je vais **rapper le fromage**. Quand on aura fini, on va laisser lever les **quartiers** de pâte et entre-temps, on va tout faire **cuire** les différentes sortes de garniture et après, on va assembler la Pizza, on mettra la sauce, la garniture et le formage et on fera cuire chaque partie dans un des **fours**, lorsqu'elles sont toutes cuites, on assemble le tout !

Les autres enfants acceptèrent le plan d'Hervé sauf Cyril qui leva la main et dit : -Je voudrai rapper le fromage à ta place et toi tu peux faire le pâté avec Capucine.

-Pas question ! Dit-Aude. Tu mangeras la **moitié** du fromage si on te laisse faire.

Hervé, Capucine et Marcel rirent et Cyril **bouda** en murmurant que ce n'était pas **juste**.

Les cinq mirent des **tabliers**, des **gants** et des **coiffes de cuisinier** puis se **dispersèrent** chacun dans son **coin**.

Capucine demanda à Cyril de lui chercher la **farine** et la **levure** tant qu'elle **fit chauffer** un peu d'eau. Elle versa la levure dans l'eau tiède avec un peu de **sucre** tandis que Cyril lui ramena l'huile et le **sel**. Hé, Capucine regarde ! Cyril lui dit avant de lui mettre de la farine sur le **nez** lorsqu'elle releva la tête pour le regarder en face.

-Hé !!! Elle lui rendit le pareil et les deux rigolèrent avant de se remettre au travail. Ils mirent les ingrédients dans le **pétrin**, puis mirent le bol près du four qu'ils avaient allumé pour le faire préchauffer.

Pendant ce temps, Aude et Marcel préparaient la sauce.

-Pourquoi on doit y mettre du sucre ? Marcel demanda.

-Pour neutraliser l'acidité de la tomate. La fillette lui répondit.

-Est-ce qu'on a vraiment besoin de toutes ces **épices** ?

-Oui, c'est ce qui donne un bon **goût** à la sauce.

-On peut se passer de l'**ail** par contre, tu ne crois pas ? Marcel dit avec un air incertain.

Aude le regarda puis regarda la grande **marmite** qui contenait les ingrédients de la sauce. -Tu n'aime pas l'ail ?

-Non, je trouve ça un peu fort.

Ils échangèrent un regard complice et Aude haussa ses épaules avant de poser l'ail sur la table.

-Ça ne fera de mal à personne s'il manque un ingrédient, hein ? Lui dit-elle avec un sourire.

-**Personne n'a besoin de savoir** qu'il manque un ingrédient d'ailleurs. Marcel répondit.

Ils se serrèrent la main puis continuèrent leur travail : Aude ajoutaient les ingrédients alors que Marcel remuait la sauce sur le feu.

De l'autre côté de l'usine, Hervé rappa le fromage et un peu comme Cyril l'aurait fait, il prit le soin de le goûter.

-Juste pour voir si c'est de la bonne qualité... Il s'était dit.

Lorsque toutes les tâches principales étaient accomplies, le groupe d'enfant passa à la cuisson de garniture. Cyril avait insisté sur une partie poulet champignons, Aude et Capucine voulait des **poivrons** et des Peppéronis sur une autre, Hervé voulait garnir une partie à l'italienne, de **basilic**, d'olives et de mozzarella et Marcel surprit tout le monde en choisissant de mettre de l'ananas dans une partie.

-**À chacun sa tasse** ! Dit-il.

Ils firent cuire le tout avant de mettre la sauce la garniture et le fromage sur les quartiers de pâte avant de les transférer au four sur un grand **chariot** et lorsqu'ils sentirent une délicieuse **odeur** qui indiqua que leurs parties de pizza étaient prêtes, ils les sortirent **prudemment** du four, s'aidèrent pour les mettre un à un sur un grand plan de travail puis, les poussèrent cote à cote pour former un grand disque de Pizza.

Ils se regardèrent, **fatigués**, **souriant**, et surtout **fières** de leur travail.

-**Qui a faim** ? Une **voix** mélodieuse interrompit le rêve éveillé des cinq enfants. Hervé tourna vers sa mère qui se tenait perché sur l'escalier de la cabane. Ça vous dit d'aller manger au **resto rapide** ? Elle leur demanda.

Les cinq amis acceptèrent l'offre avec enthousiasme et lui dirent qu'ils savaient déjà ce qu'ils voulaient : Une Pizza !

VOCABULARY

Cabane: *Tree house*

Rassemblés: *Gathered*

Jeune: *Young*

École: *School*

Allongé: *Laid down*

Dos: *Back*

Sol: *Floor, Ground*

Assise: *Seated*

Fête d'anniversaire: *Birthday party*

L'oublier: *To forget it*

Piscine: *Swimming pool*

Coupes de glace: *Ice cream cups*

Sourire taquin: *Teasing smile*

Géante: *Huge, giant*

Usine: *Factory*

Garnitures: *Toppings*

Champignons: *Mushrooms*

Rêvasser: *To daydream*

Matériaux: *Materials*

Tâches: *Tasks*

Pâte: *Dough*

Rapper le fromage: *To grate the cheese*

Quartiers: *Quarters*

Cuire: *To cook*

Fours: *Ovens*

Moitié: *Half*

Bouda: *Sulked*

Juste: *Fair*

Tabliers: *Aprons*

Gants: *Gloves*

coiffes de cuisinier: *Cook's hats*

Dispersèrent: *Spread*

Coin: *Corner*

Farine: *Flour*

Levure: *Baking powder, yeast*

fit chauffer: *Heated*

Sucre: *Sugar*

Sel: *Salt*

Nez: *Nose*

Pétrin: *Kitchen aid*

Épices: *Spices*

Goût: *Taste*

Ail: *Garlic*

Marmite: *Pot*

Personne n'a besoin de savoir: *No one needs to know*

Ils se serrèrent la main: *They shook hands*

Poivrons: *Peppers*

Basilic: *Basil*

À chacun sa tasse: *To each their preference*

Chariot: *Cart*

Odeur: *Smell*

Prudemment: *Carefully*

Fatigués: *Tired*

Souriant: *Smiling*

Fières: *Proud*

Qui a faim: *Who is hungry*

Voix: *Voice*

Resto rapide: *Fast food joint*

RESUME DE L'HISTOIRE

Un groupe d'amis se rappelèrent d'une pizza géante servie dans fêté d'anniversaire et se demandèrent comment quelque chose d'aussi grand était fait. L'une d'entre eux dit qu'elle a été faite dans une usine et les cinq amis commencèrent à rêvasser et imaginèrent qu'ils étaient entrain d'en faire une. Deux d'entre réalisaient la pâte, deux travaillaient sur la sauce et un rappait le fromage puis ils fit tous cuire de différentes garniture avant de faire cuire la pizza en quartiers et l'assembler. La mère de l'un d'eux vint interrompre leur rêve éveillé et leur dit qu'elle allait les emmener manger dans un resto rapide.

SUMMARY OF THE STORY

A group of friends reminisced about a giant pizza that they had had at a birthday party and wondered how something that big was made. One of them said that it was made in a factory and the five friends began to daydream and imagine that they were making one together. Two of them were making the dough, two were working on the sauce and one was grating the cheese. They all cooked different toppings before baking the pizza in quarters and assembling it. The mother of one of them interrupted their daydream and told them that she was going to take them out to eat at a fast food restaurant.

1) Qui est l'amie qui offrit de la Pizza géante dans sa fête d'anniversaire ?

    A. Annabelle
    B. Amélie
    C. Aurélie
    D. Alison

2) Selon Aude, la Pizza géante était faite dans... ?

    A. Une ferme
    B. Une usine
    C. Un foret
    D. Un restaurant

3) Qui est ce qui allait râper le fromage ?

    A. Cyril
    B. Aude
    C. Capucine
    D. Hervé

4) Quel ingrédient avait été négligé par Aude et Marcel ?

    A. Le poivre
    B. Le sel
    C. La tomate
    D. L'ail

5) Quel ingrédient voulait Marcel inclure dans sa garniture de Pizza?

    A. Les anchois
    B. Le basilic
    C. L'ananas
    D. Le thon

QUESTIONS ABOUT THE STORY

1) **Who is the friend who had giant pizza at her birthday party?**
    - **A.** Annabelle
    - **B.** Amélie
    - **C.** Aurélie
    - **D.** Alison

2) **According to Aude, giant pizza was made in ...?**
    - **A.** A farm
    - **B.** A factory
    - **C.** A forest
    - **D.** A restaurant

3) **Who is going to grate the cheese?**
    - **A.** Cyril
    - **B.** Aude
    - **C.** Capucine
    - **D.** Hervé

4) **What ingredient had been overlooked by Aude and Marcel?**
    - **A.** Pepper
    - **B.** Salt
    - **C.** Tomato
    - **D.** Garlic

5) **What ingredient did Marcel want to include in his pizza topping?**
    - **A.** Anchovies
    - **B.** Basil
    - **C.** Pineapple
    - **D.** Tuna

1) C
2) B
3) D
4) D
5) C

CHAPTER 2. PARÉ AU DÉCOLLAGE!

Oxy, couché sur son **ventre** sur le sol avec sa tête, sa **queue** et ses **oreilles baissées**, regardait sa maîtresse Alice, qui était en train de faire ses **valises**, avec **tristesse**. Elle allait partir en voyage d'affaires et le laisser **seul** à la maison.

-J'ai demandée à la **voisine** de venir te **nourrir** pendant mon absence et elle m'a assuré qu'elle prendra soin de toi. Alice lui avait dit quand elle l'informa de ses projets.

Elle lui avait assurée qu'elle ne **tardera** pas, qu'elle allait s'absenter pendant quatre jours seulement, qu'elle aurait préférée l'emmener avec elle mais qu'elle n'avait pas assez de temps pour régler ses papiers et lui promit qu'elle lui apportera des **jouets** et des **gâteries** à son retour mais rien de ça ne le rassura, surtout après ce que son ami, le chien errant du quartier lui avait dit.

-Ne la crois pas, mes maîtres m'avaient dit la même chose avant de m'abandonner. Rex le cautionna.

Et lorsqu'Oxy lui avait demandé ce qu'il lui suggérait de faire, Rex lui dit de se **cacher** dans les bagages d'Alice.

-Comme ça, tu iras avec elle et elle n'aura pas la chance de t'abandonner !

Oxy n'était pas **sûr**, il pensait qu'Alice **serait en colère** s'il faisait ça sans sa permission et il ne voulait pas être un **vilain chien**, mais il ne voulait pas devenir un chien abandonné non-plus !

Il regarda attentivement sa maîtresse **ranger ses vêtements** dans sa valise et conclut qu'il pouvait s'y installer sans soucis **grâce** à sa petite taille et lorsque sa maîtresse alla se coucher, il ouvrit la valise et se glissa à l'intérieur pour voir s'il y serait à l'aise, une fois sûr qu'il n'**étoufferai** pas dedans, il ressortit et alla se coucher.

Le matin, il se leva lorsqu'il entendit les mouvements d'Alice qui faisait sa toilette du matin. Elle remplit sa gamelle, **l'emmena faire sa promenade** puis l'embrassa avant d'aller se préparer pour son voyage.

Oxy en profita pour aller se cacher dans la valise de sa maîtresse. Il se glissa entre ses vêtements pour éviter de **se faire repérer** et resta silencieux. Il entendit Alice tirer la **fermeture éclair** de sa valise et sentit ses mouvements lorsqu'elle l'avait porté et mise dans la **malle** du Taxi.

Dans l'aéroport, Oxy sentit l'odeur d'un autre chien près de lui et il entendit l'animal lui parler.

-Je sais qu'il y a un chien à l'intérieure, je veux juste te prévenir qu'il y a un scanner ici et qu'ils peuvent savoir que tu es là-dedans donc un conseil, si tu ne veux pas te faire repérer, sort de là et je vais te dire comment faire pour monter au bord de l'**avion**.

Oxy eut peur d'avoir des **ennuis** et sortit le bout de son **museau**, il leva la tête et vit qu'un chien lui faisait face de l'intérieur d'une **caisse de transport**. Oxy se présenta et l'autre chien fit de même, l'informant que son nom était Louis.

-Voilà ce que tu vas faire... Louis lui expliqua comment esquiver les "gardiens" de l'aéroport pour et lui fit promettre de l'aider à ouvrir la porte de sa caisse de transport une fois à bord de l'avion.

-Je vais même partager le contenu de mes gamelles avec toi ! Il lui promit et Oxy le remercia.

Une demi-heure plus tard, Oxy sentit Alice soulever sa valise. Peu après, il entendit l'**aboiement** de Louis qui tentait de **distraire** les humains et le prit comme son signal pour sortir de la valise avant que celle-ci ne passe par le scanner de l'aéroport. Il se cacha puis se faufila entre les **jambes** des humains pour retourner à l'intérieur de la valise une fois qu'elle fut scannée.

-Oxy? Il entendit Louis appeler son nom une fois à bord du compartiment de bagage de l'avion et sortit de la valise de sa maîtresse. Il se dirigea vers son nouvel ami et **tira** sur le **fermoir** de sa caisse.

-Ouf ! Ça commençait à devenir **lassant** de rester là-dedans ! Dit-Louis avant de lui donner un petit coup de tête affectueux. Content que tu y sois parvenu, mon grand ! Allez, viens ! On va se promener un peu.

Les deux chiens marchèrent autour de l'avion, ils observèrent les bagages des passagers et les autres animaux qui étaient à bord, Il y avait un hamster, un **serpent**, deux chats et deux **oiseaux**. Certains voulaient sortir de leurs cages pour **se dégourdir les pattes** et Louis et Oxy les aidèrent à conditions qu'ils retournent dans leurs cages lors de l'**atterrissage**.

-Cet endroit est **gigantesque** ! Dit une **perruche** nommée Arc-en-ciel qui volait autour du compartiment.

-Pourquoi n'as-tu pas rejoint ton maître à sa destination en volant ? Lui-demanda Oxy.

-Parce qu'il ne me laisse jamais sortir de ma cage, évidement !

-Pourquoi pas ?

-Je pense qu'il a peur que je l'abandonne.

Les mots d'arc-en-ciel fit penser Oxy à Alice et il se dit que peut-être qu'elle aussi a peur d'être abandonnée. Il se sentit **coupable** et prit la décision de ne plus se cacher.

Une fois que l'avion avait atterrit et que les bagages furent déchargés et envoyés à l'intérieur de l'aéroport, Oxy sortit de la valise et chercha Alice, il sentit son odeur derrière lui et il se retourna et se dirigea vers elle.

-Oxy ! Alice s'exclama lorsqu'elle vit son chien **courir** vers elle. Mais comment es-tu arrivé là ?

Oxy **lui lécha le menton** et elle rigola. **Petit coquin** ! Aller, viens, on va voir si l'hôtel va te permettre de rester avec moi.

Vocabulary

Ventre: *Belly*

Queue: *Tail*

Oreilles baissées: *Lowered ears*

Valises: *Suitcase*

Tristesse: *Sadness*

Seul: *Alone*

Voisine: *Neighbor*

Nourrir: *To feed*

Tardera: *Take long*

Jouets: *Toys*

Gâteries: *Treats*

Cacher: *To hide*

Sûr: *Sure*

Serait en colère: *Would be angry*

Vilain chien: *Bad dog*

Ranger ses vêtements: *Pack her clothes*

Grâce: *Thanks to*

Étoufferai: *Suffocate*

L'emmena faire sa promenade: *Took him on his walk*

Se faire repérer: *To get caught*

Fermeture éclair: *Zipper*

Malle: *Car trunk*

Avion: *Airplane*

Ennuis: *Trouble*

Museau: *Snout*

Caisse de transport: *Crate*

Aboiement: *Barking*

Distraire: *To distract*

Jambes: *Legs*

Tira: *Pulled*

Fermoir: *Clutch*

Lassant: *Leaving*

Serpent: *Snake*

Oiseaux: *Birds*

Se dégourdir les pattes: *Stretch his legs*

Atterrissage: *Landing*

Gigantesque: *Huge, gigantic*

Perruche: *Parrot*

Coupable: *Guilty*

Courir: *To run*

Lui lécha le menton: *Licked her chin*

Petit coquin: *Little rascal*

Oxy était inquiet parce que sa maîtresse Alice allait partir en voyage et il avait peur qu'elle allait l'abandonné malgré ce qu'elle lui avait dit pour le rassuré. Son amis, Rex lui dit de se cacher dans sa valise pour aller avec elle et c'est ce qu'il fit. Dans l'aéroport, il rencontra Louis qui l'aida pour monter à bord du compartiment de bagages de l'avion. Une fois à l'intérieur il rencontra plusieurs animaux et l'un d'eux le fit penser que les humains avaient aussi peur d'être abandonnés et donc il décida de se montrer à Alice une fois que l'avion atterrit. Celle-ci l'accueilli chaleureusement et l'emmena avec elle.

SUMMARY OF THE STORY

Oxy was worried because her owner Alice was going on a trip. She was afraid Alice was going to leave her despite the reassurance she had given her. Oxy's friend Rex told her to hide in Alice's suitcase to go with her and that's exactly what she did. At the airport, she met a helpful stranger named Louis, who helped her to board the plane's luggage compartment. Once inside, Oxy met several animals of which one of them made her realize that sometimes even humans get afraid of being abandoned. She decided to come out of hiding and surprise Alice once the plane landed. Alice greeted her lovingly and took her back to the hotel.

QUESTIONS SUR L'HISTOIRE

1) **Quel est le nom de la maîtresse d'Oxy?**
   - **A.** Alison
   - **B.** Suzanne
   - **C.** Mélanie
   - **D.** Célia

2) **Quel est le nom du chien errant qui conseilla à Oxy de se cacher dans la valise?**
   - **A.** Spot
   - **B.** Max
   - **C.** Rex
   - **D.** Oly

3) **Quel était l'objet qui pouvait repérer Oxy dans l'aéroport ?**
   - **A.** Une camera
   - **B.** Un scanner
   - **C.** Une radar
   - **D.** Un détecteur de métal

4) **Parmi ses animaux, lequel n'était pas dans le compartiment de bagages de l'avion?**
   - **A.** Un chat
   - **B.** Une perruche
   - **C.** Un ours
   - **D.** Un hamster

5) **Arc-en-ciel était le nom de quel animal?**
   - **A.** Le serpent
   - **B.** Le chien
   - **C.** Le chat
   - **D.** La perruche

QUESTIONS ABOUT THE STORY

1) What is the name of Oxy's mistress?
    A. Alison
    B. Suzanne
    C. Mélanie
    D. Célia

2) What is the name of the stray dog who advised Oxy to hide in the suitcase?
    A. Spot
    B. Max
    C. Rex
    D. Oly

3) What was the object that could locate Oxy at the airport?
    A. A camera
    B. A scanner
    C. A radar
    D. A metal detector

4) Among the animals, which was not in the plane's baggage compartment?
    A. A cat
    B. A parakeet
    C. A bear
    D. A hamster

5) Rainbow was the name of which animal?
    A. The snake
    B. The dog
    C. The cat
    D. The parakeet

1) A
2) C
3) B
4) C
5) D

Chapter 3. Meilleures amies

Sous le soleil brillant de l'été, deux filles jouaient **joyeusement** ensemble à la **marelle**.

Charlotte et Ines étaient **meilleures amies**. Elles étaient inséparables et se sentaient **chanceuses** d'être dans la même classe et d'habiter dans le même **quartier**. Elles se connaissaient depuis leurs jours passés dans le **bac à sable** et elles s'imaginaient qu'elles resteraient meilleures amies jusqu'à la mort. Les deux filles s'aimaient beaucoup, et étaient **proches** comme des **sœurs**.

Ce matin, Ines avait ramené de la **craie** avec elle et avait proposée à sa copine de jouer au fameux jeu. Charlotte accepta avec enthousiasme et se mit à chercher un **caillou** pendant qu'Ines traçait le plateau du jeu. Une fois que tout était prêt, leur **partie** commença. Ines **jeta** le caillou sur la première case et commença à faire le parcourt à **cloche-pied**. Lorsqu'elle fit son retour et tenta de jeter le caillou sur la deuxième case, celui-ci **atterrit** sur la troisième et elle passa son **tour**.

Un petit bout de temps après, lorsqu'Ines prit son tour, Charlotte interrompit son parcourt en lui disant qu'elle avait **marché sur le trait**.

-Mais non, j'étais assez **loin des bords** de la case. Lui dit Ines.

-Mais si, tu n'as peut-être pas pu le voir toi-même mais depuis ma position il était clair que tu avais marché dessus ! Insista-charlotte.

-Tu es sûre que tu ne dis pas ça seulement pour avoir ton tour ? Ines **plissa ses yeux** avec suspicion.

-Bien sûr que non, comment peux-tu dire ça ! Charlotte lui répondit en **froissant les sourcils**.

Leur discussion se transforma vite en conflit et les deux filles **finirent par se disputer**. Par **entêtement**, aucune d'elles n'avait quitté l'aire de jeux ni continué de jouer. Elles s'assirent, le dos tourné l'une à l'autre et boudèrent en silence jusqu'à ce qu'une **vieille dame** vînt les saluer.

-Bonjour Ines, bonjour Charlotte. Comment allez-vous mes petites ?

-Bonjour Madame Morel. Les deux filles répondirent en même temps et lui disent qu'elles vont bien avant de lui demander de ses nouvelles en retour.

-Je vais bien, merci. Mme Morel sourit **gentiment**. J'étais en train de ranger mon **grenier** et je me demandais si vous voudriez bien **me donner un coup de main**. Peut-être que vous y trouverez quelque chose que vous aimeriez avoir, même si ça date de plusieurs **décennies**.

Bien qu'elles ne se parlaient pas, et malgré leur **mauvaise humeur**, les deux filles étaient trop **polies** et charitables pour refuser d'aider leur vieille voisine et alors, elles acceptèrent de l'aider.

-Excellent, je vous remercie ! Je vais **passer un coup de fil** à vos mères pour les informer que vous êtes chez moi. Mme Morel leur dit et leur promit aussi de leur faire des brownies **en guise de récompense**.

Une fois chez la vieille dame, les deux filles commencèrent à faire un **tri** des objets qui étaient au grenier. Elles mirent d'un côté ce qui était clairement destiné à être **jeté** et d'un autre, des choses qui pouvaient encore servir, elles ne savaient pas si Mme Morel voulait les **garder**, les donner ou les **vendre** et donc elles préférèrent la laisser décider elle-même. Pendant la demi-heure où elles rangeaient le grenier, elles ne se dirent pas un seul mot jusqu'à ce que Mme Morel vînt vérifier que tout allait bien.

-Faites attention ! Aidez-vous pour soulever les objets **lourds** sinon vous risquez de vous **blesser**. Leur dit-elle avant de les rejoindre dans le ménage du grenier.

Avec leur vieille voisine dans la même pièce, les deux filles n'eurent pas vraiment le choix et commencèrent à se parler, ne serait-ce que pour demander de l'aide occasionnellement.

Quelques moments après, Mme Morel les appela pour voir le contenu d'une des **boites en carton**.

-Ce sont vos jouets ? Demanda-Charlotte en saisissant une petite **poupée**.

-Certains, oui. D'autres étaient les jouets de mes enfants. Mme Morel sourit avec nostalgie. Ça, par exemple. Dit-elle en leur montrant un gros **ressort** coloré et le fit balancer d'une main à l'autre. Ça appartenait à ma fille aînée, Marie. Elle tendit le ressort à Ines et celle-ci le regarda avec fascination avant de le passer à son amie. Et ce jeu de Domino appartenait à mon plus jeune fils. Ajouta-elle en sortant une petite **boite en bois**.

-Et ça ? Charlotte pointa un petit **livret** du doigt.

-Ah ! Mme Morel sourit avec joie et fit sortir le livret de la boite. C'est un album photo qui ne contient que des **souvenirs** avec ma meilleure amie.

Mme Morel ouvrit le petit album et leurs montra des images d'elle et de sa copine d'enfance. Les photos montraient des moments de leur enfance jusqu'à leurs **adolescence**.

-Vous aviez l'air tellement heureuses ! S'exclama Ines qui trouvait les sourires des deux filles dans les photos contagieux.

-On l'était. Dit la vieille dame doucement. On était aussi proches que vous l'êtes aujourd'hui.

Charlotte qui avait remarqué que sa vieille voisine avait conjugué son verbe au passé lui demanda si elles avaient **perdu** contacte.

-Non, on est restées meilleurs amis jusqu'à la fin. L'an dernier mon amie est **décédée**.

-Oh. Charlotte se sentit **coupable** d'avoir rappelé quelque chose de triste à Mme Morel et elle baissa les yeux. Je suis désolée. Dit-elle.

-Ce n'est pas ta **faute** ma chérie. Et puis, on a eu tout notre vie pour s'aimer et s'amuser. La vieille dame prit les deux filles dans ses bras. Maintenant c'est à vous de vous faire de bons souvenirs.

Ines et Charlotte se regardèrent timidement, un peu embarrassées par leur petite dispute et échangèrent un sourire. Petit à petit, elles recommencèrent à se parler comme les meilleures amie qu'elles étaient.

-Regarde ça ! Ines dit à sa copine en lui montrant une paire de **raquettes de plage**.

-Oh ! Tu crois que Mme Morel nous permettra de les garder ?

La dame en personne les rejoignit avec un plateau contenu deux grands verres de lait et une assiette remplie de brownies. -Bien sûr que vous pouvez les garder !

Vocabulary

Joyeusement: *Joyfully, Happily*

Marelle: *Hopscotch*

Meilleures amies: *Best friends*

Chanceuses: *Lucky*

Quartier: *Neighborhood*

Bac à sable: *Sandbox*

Proches: *Close*

Sœurs: *Sisters*

Craie: *Chalk*

Caillou: *Stone; rock*

Partie: *Round*

Jeta: *Threw*

Cloche-pied: *One-legged*

Atterrit: *Landed*

Tour: *Turn*

Marché sur le trait: *Walked on the line*

Loin des bords: *Far from the borders*

Plissa ses yeux: *Narrowed her eyes*

Froissant les sourcils: *Furrowed her eyebrows*

Finirent par se disputer: *Ended up fighting*

Entêtement: *Stubbornness*

Vieille dame: *Old lady*

Gentiment: *Kindly*

Grenier: *Attic*

Me donner un coup de main: *Give me a hand*

Décennies: *Decades*

Mauvaise humeur: *Bad mood*

Polies: *Polite*

Passer un coup de fil: *Make a call*

En guise de récompense: *As a reward*

Tri: *Sorting*

Jeté: *Thrown*

Garder: *To keep*

Vendre: *To sell*

Lourds: *Heavy*

Blesser: *To wound*

Boites en carton: *Card boxes*

Poupée: *Doll*

Ressort: *Spring*

Boite en bois: *Wooden box*

Livret: *Booklet*

Souvenirs: *Memories*

Adolescence: *Teenage*

Perdu: *Lost*

Décédée: *Deceased*

Coupable: *Guilty*

Faute: *Fault*

Raquettes de plage: *Beach rackets*

41

Charlotte et Ines étaient entrain de jouer à la marelle lorsqu'elle eut une petite dispute et cessèrent de se parler. Leur voisine, Mme Morel vint leur demander de l'aide pour ranger son grenier et une fois à l'intérieur de sa maison, les deux filles découvrirent des jouets et souvenirs d'enfance de la dame. Elle leur parla de sa meilleur amie et leur rappela qu'elles aussi étaient de très bonnes amies. Elles se réconcilièrent et Mme Morel leur ramena des brownie et du lait pour les remercier pour l'aide qu'elles lui avaient données.

42

Charlotte and Ines were playing hopscotch when they had a little argument and stopped talking to each other. Their neighbor, Mrs. Morel, asked the girls for help to tidy up her loft. Once inside her house, the two girls learned about some of the lady's childhood memories and discovered some of her old toys. She told them about her best friend and reminded them that they too were very good friends. They decided to reconcile their differences and Mrs. Morel brought them milk and brownies to thank them for the help they had given her.

QUESTIONS SUR L'HISTOIRE

1) Comment s'appellent les deux filles ?

    A. Charlotte et Ingrid
    B. Charlotte et Hélène
    C. Charlotte et Marie
    D. Charlotte et Ines

2) Le jeu auquel les deux filles jouaient est... ?

    A. Cache-cache
    B. Chat
    C. La marelle
    D. 1,2,3 soleil

3) Que demanda la vieille dame aux deux filles ?

    A. De l'aide pour ranger son grenier
    B. De l'aide pour croiser la route
    C. De l'aide pour faire ses courses
    D. De l'aide pour faire la cuisine

4) Parmi ces objets, lequel ne se trouvait pas dans la boite en carton ?

    A. Un album photo
    B. Une corde à sauter
    C. Une ressort coloré
    D. Une boite de Dominos

5) Qu'est-ce que Mme Morel apporta aux deux filles ?

    A. Des brioches
    B. Des brownies
    C. Des cookies
    D. Des fruits

Questions About the Story

1) What are the two girls' names?

    A. Charlotte and Ingrid
    B. Charlotte and Hélène
    C. Charlotte and Marie
    D. Charlotte and Ines

2) The game that the two girls were playing is ...?

    A. Hide and seek
    B. Chat
    C. Hopscotch
    D. 1,2,3 sun

3) What did the old lady ask the two girls?

    A. Help organizing the attic
    B. Help crossing the road
    C. Help shopping
    D. Help cooking

4) Among these objects, which one was not in the cardboard box?

    A. A photo album
    B. A jump rope
    C. A slinky
    D. A box of dominoes

5) What did Mrs. Morel bring the two girls?

    A. Brioche bread
    B. Brownies
    C. Cookies
    D. Fruit

Answers

1) D
2) C
3) A
4) B
5) B

CHAPTER 4. LA VOLIERE

Pingouin regardait autour de lui avec **crainte** et curiosité en même temps. Il se laissa emporter par tout ce qu'il pouvait voir dans la **volière**, il comprit l'intérêt des **perchoirs**, **mangeoires** et points d'eau mais à son avis, les **barreaux** n'étaient pas nécessaires. Cependant, il se dit que là où il avait l'habitude de traîner, personne ne pouvait **voler** de toutes façons, avec ou sans barreaux.

Ses pensées furent interrompues par la rapide descente d'un **oiseau**. C'était un **faucon** à l'apparence majestueuse et aux **yeux perçants**. L'oiseau se tourna vers lui, le regarda et le **salua** d'un hochement de tête avant de rediriger son regard droit devant lui tel un bon **soldat**.

Un moment après, une **chouette** les rejoignit. Elle ne prêta d'attention à aucun d'entre eux et se percha en silence. Pingouin la regarda avant de détourner son regard vers le faucon et ne sut qui l'intimidait le plus entre les deux. Une chose était sûre, les deux étaient très impressionnants, surtout comparé à lui.

-Désolé pour le retard, **messieurs dames** ! Pingouin entendit avant de voir un **corbeau** atterrir à côté de lui. Ce dernier, contrairement aux autres oiseaux aux yeux menaçants, avait un regard **espiègle** et un peu moqueur, il sourit à Pingouin et lui fit un **clin d'œil**. Pingouin ne sut quoi dire et se contenta de sourire au corbeau **maladroitement**. Certes, il n'était pas aussi intimidant que les deux autres mais il avait du charisme.

Après quelques moments passés en silence, un grand **aigle** descendit sur les quatre animaux et s'installa sur le grand perchoir situé au centre de la volière. L'oiseau qui était déjà immense, devint encore plus formidable sur cette position.

Pingouin le regarda avec **émerveillement**, non seulement parce que c'était le plus grand oiseau présent, mais parce qu'il avait un regard strict et une posture **droite** et rigide qui commanda l'attention de ceux qui se trouvaient dans la volière.

-Bonjour et merci pour votre présence aujourd'hui. Dit-il avec une voix **rauque**.

-Ce n'est pas comme si on avait le choix, on a pratiquement été **convoqués**, hein ? Murmura-Corbeau à Pingouin en **le poussant du coude** avec complicité, mais il se redressa lorsqu'il vit le regard du grand aigle fixé sur lui avec irritation.

Les quatre oiseaux savaient bien ce qui arrivait aux animaux convoqués par les autorités, ils devenaient des agents qui protègent le zoo et qui partent en missions secrètes pour libérer des animaux capturés par des humains qui **les maltraitaient**.

-Je suis Maître Aigle, votre commandant. Je vais superviser vos **entraînements** et vos missions. Chacun d'entre vous a été convoqué car il ou elle a du talent et du potentiel. Même si vous êtes habitué à vivre parmi les votre, vous êtes tous différents l'un de l'autre et pour cela vous allez apprendre à travailler en équipe et à survivre ensemble dans de différents environnements.

Pingouin pensa que cela était juste pour les autres oiseaux, même Corbeau avait l'air spéciale à sa propre façon, mais il doutait que lui-même avait du "talent et du potentiel" comme Maître Aigle avait dit.

-Peut être que je suis sensé leur ramener de l'eau après leurs entraînements. Pensa-t-il, d'un air distrait.

Après que Maître Aigle avait fini de parler, le **grillage** de la volière se transforma pour prendre une apparence de **murs sombre** et métallique qui chassèrent la **lumière** du jour hors de la pièce. Les perchoirs prirent un aspect bleu lumineux et plusieurs **écrans** s'allumèrent.

-Votre première mission aura lieu dans un environnement forestier. Assurez-vous de vous nourrir, vous protéger et de prendre soin l'un de l'autre. Si l'un de vous **échoue**, toute l'équipe échoue.

Leur première mission se passa plutôt bien, et ce fut le cas aussi pour les deux missions suivantes qui prirent place dans un désert et une cité. Faucon et Chouette se servirent de leurs talents de **chasseurs** et Corbeau de son intelligence et de sa **ruse** pour se nourrir. Pingouin ne mangeait pas les mêmes choses qu'eux mais il pouvait **jeûner** grâce à ses **réserves de gras** et ne leurs causa pas de problèmes sur ce point mais lorsqu'il s'agissait de se protéger, il pouvait seulement monter la garde dans leurs territoires lorsque les autres dormaient. Il n'était pas capable de se battre ni de chasser et même si ses **coéquipiers** ne lui firent jamais de remarques blessantes, il se sentit **inutile**.

Leur quatrième mission se passa dans l'antarctique, un endroit couvert de **neige** et de **glace**. Il n'y avait presque pas de **proies** à chasser ni d'endroits où **s'abriter**. Le seul qui pouvait s'intégrer sans soucis était Pingouin avec son ventre blanc.

-Je ne vois rien. Dit-Faucon d'un air inquiet.

-Rien que du blanc, tu veux dire. Corbeau lui dit avec un petit rire.

-Et bien, c'est qu'il n y a pas grand-chose à voir. La plupart des animaux ont une **fourrure** blanche ce qui ne facilite pas la tâche. Pingouin leur dit. Mais on peut **pêcher** ! Il y plein de poissons, et vous pouvez tous en manger, n'est-ce pas ?

-Oui mais, on n'est pas tous capable de **plonger** sous l'eau et la glace ne me permet pas d'attraper des **poissons** qui sont près de la surface. Faucon lui répondit.

-Donc, je vais pêcher pour vous ! Je suis très **doué** pour ça ! Dit Pingouin, content d'enfin pouvoir se rendre utile à ses coéquipiers.

Il plongea sous l'eau et **nagea** à grande **vitesse**, il remonta à la surface pour déposer des poissons puis replongea. Après un petit bout de temps, il avait réussi à **accumuler** un **tas** de poissons et les **partagea** avec les trois autres oiseaux.

Lorsqu'ils retournèrent à la volière, Pingouin sentit que même lui, qui n'était pas aussi majestueux et fort que les autres, avaient ses points forts. Leur équipe finit sa formation et ils devinrent officiellement des agents de la volière.

VOCABULARY

Crainte: *Fear*

Volière: *Aviary*

Perchoirs: *Perches*

mangeoires *Bird tables*

Barreaux: *Barres*

Voler: *To fly*

Oiseau: *Bird*

Faucon: *Falcon*

Yeux perçants: *Piercing eyes*

Salua: *Greeted*

Soldat: *Soldier*

Chouette: *Owl*

Messieurs dames: *Ladies and gentlemen*

Corbeau: *Crow*

Espiègle: *Mischievous*

Clin d'œil: *Wink*

Maladroitement: *Awkwardly*

Aigle: *Eagle*

Émerveillement: *Wonder*

Droite: *Straight*

Rauque: *Hoarse*

Convoqués: *Summoned*

Le poussant du coude: *Elbowing him*

Les maltraitaient: *Mistreating them*

Entraînements: *Training*

Grillage: *Wiring*

Murs sombre: *Dark walls*

Lumière: *Light*

Écrans: *Screens*

Échoue: *Fails*

Chasseurs: *Hunters*

Ruse: *Trickery*

Jeûner: *To fast*

Réserves de gras: *Fat storage*

Coéquipiers: *Teammates*

Inutile: *Useless*

Neige: *Snow*

Glace: *Ice*

Proies: *Preys*

s'abriter: *To take shelter*

Fourrure: *Fur*

Pêcher: *To fish*

Plonger: *To dive*

Poissons: *Fish*

Doué: *Skilled*

Nagea: *Swam*

Vitesse: *Speed*

Accumuler: *To gather*

Tas: *Pile*

Partagea: *Shared*

RESUME DE L'HISTOIRE

54

Pingouin avait été convoqué à la Volière, un endroit où des agents sont formés pour protéger les animaux du Zoo et partir en missions pour sauver des animaux maltraités. Il était avec trois autres oiseaux, Faucon, Chouette et Corbeau. Leur superviseur, Maître Aigle, leur dit qu'ils étaient à présent une équipe et qu'ils doivent survivre ensemble. Lorsqu'ils commencèrent leurs entraînement, Pingouin se sentit inutile car il n'était pas aussi fort et rapide que les autres dans certains environnement mais un fois qu'il partirent en mission dans l'antarctique, il découvrit qu'il aussi, avait des points fort qui les aida.

Summary of the Story

Penguin had been summoned to the Aviary, a place where officers were trained to protect Zoo animals and go on missions to rescue abused animals. He was with three other birds, Falcon, Owl and Raven. Their supervisor, Master Eagle, told them that they're now a team and that they must survive together. When they started their training, Penguin felt useless because he was not as strong and fast as the others in some environments but once he left on a mission in the Antarctic, he discovered that he too, had strong points that helped the team.

Questions sur l'Histoire

1) **Où se trouvait Pingouin au début de l'histoire?**
   A. Dans une volière
   B. Dans une glacière
   C. Dans une basse cour
   D. Dans un écurie

2) **Parmi ces oiseaux, lequel ne faisait pas partie de l'équipe de Pingouin...?**
   A. Un corbeau
   B. Un faucon
   C. Un pigeon
   D. Une chouette

3) **La première mission de Pingouin prit place dans...?**
   A. La plage
   B. La cité
   C. Le désert
   D. La forêt

4) **Quelle est la couleur qui dominait l'antarctique?**
   A. Le vert
   B. Le blanc
   C. Le jaune
   D. Le gris

5) **Pingouin est doué dans quel domaine?**
   A. La pêche
   B. La chasse
   C. Le vol
   D. Le combat

QUESTIONS ABOUT THE STORY

1) Where was Pingouin at the beginning of the story?
    A. In an aviary
    B. In an ice house
    C. In a barn yard
    D. In a stable

2) Which of these birds was not part of Pingouin's team…?
    A. A raven
    B. A falcon
    C. A pigeon
    D. An owl

3) Where did Pingouin's first mission take place…?
    A. The beach
    B. The city
    C. The desert
    D. The forest

4) Which was the Antarctic's main color?
    A. Green
    B. White
    C. Yellow
    D. Grey

5) Which discipline did Pingouin bets master?
    A. Fishing
    B. Hunting
    C. Flying
    D. Fighting

Answers

1) A
2) C
3) D
4) B
5) A

Chapter 5. Galazio

Maman ferma le livre d'histoire, le posa sur la **table de chevet** d'Angela et s'approcha d'elle pour lui embrasser le front.

-Bonne nuit ma chérie. Dit-elle en la couvrant avec sa **couette**.

Angela lui souhaita bonne nuit et la regarda **éteindre la lumière** avant de sortir en laissant la porte **entre-ouverte**.

Elle leva la tête se mit à admirer les **étoiles lumineuses** produite par sa lampe qui **défilaient** lentement sur le **plafond** de sa chambre. En les regardant, Angela se rappela d'un détail tiré de l'histoire de cette nuit : un vieux **nain** avait dit au prince qu'un **arc-en-ciel** était en réalité un **pont**, un portail en quelques sortes qui conduisait à un univers merveilleux où on peut trouver tout ce que l'on désire. Un monde fantastique de magie, de beauté et d'aventures. Cette partie de l'histoire l'avait intéressée beaucoup plus que le reste et elle se demanda dans quel genre de monde elle pouvait atterrir si elle venait un jour à **croiser** un arc-en-ciel. Y aurait-il des dragons ? Des **fées** ? Des **sirènes** ? Angela rêvassa un peu sur ce sujet avant de s'endormir avec un sourire rêveur.

Lorsqu'elle se leva le matin, réveillée par son alarme **bruyante**, elle se rappela de ce qu'elle avait imaginé avant de s'endormir. Elle aurait tellement aimé aller explorer de nouveaux mondes au lieu d'aller en classe ce matin. Elle fit un **vœu** de voir un arc-en-ciel et sortit de son lit pour aller se préparer. Une fois **prête**, elle salua ses parents, prit son petit déjeuner et alla à l'école.

Sa journée était très ordinaire et rien de spéciale de ne se passa. Elle suivit ses cours, **joua** avec ses amis lors de la **récréation** et prit son déjeuner à la cantine avant de reprendre ses cours.

Lorsqu'il était temps d'aller à la maison, il commença à **pleuvoir** et elle due attendre avant d'aller chez elle vu qu'elle n'avait pas ramener de **parapluie**, elle était surprise car c'était une journée **ensoleillée** et même Maman ne lui avait pas dit que **la météo prévoyait de la pluie** ce jour-là.

Lorsqu'il cessa enfin de pleuvoir, elle se dirigea chez elle. En route, lorsqu'elle essayait de marcher là où il n'y avait pas de **flaques d'eau**, elle vit le **reflet** de quelque chose de coloré dans l'une d'elles et leva la tête pour voir un arc-en-ciel. Ses yeux devinrent larges d'émerveillement et elle se rappela de ce qu'elle avait imaginé hier soir.

Angela regarda autour d'elle, il n'y avait personne avec qui **partager la joie** de ce qu'elle venait de voir. Elle soupira et se dit qu'il aurait été génial si elle pouvait croiser l'arc-en-ciel et se trouver dans un autre monde.

Distraitement, elle croisa la flaque d'eau et se sentit **poussée** par un **vent** violent qui la fit **tomber** par terre.

-Ouille ! S'exclama-t-elle. Elle ouvrit les yeux mais resta allongée sur le sol qui ne lui parut pas aussi **dur** qu'elle aurait penser d'un **trottoir**. La première chose qu'elle vit était un ciel dégagé de couleur bleu qui passait graduellement à un **rose** pastel, elle fronça les sourcils, confuse, pas deux minutes avant le ciel avait une couleur différente ! Il n'y avait certainement pas de nuages comme avant mais il y avait trois grands cercles blancs clair, presque transparents. Elle entendit le **bruissement** des feuilles, le chant des oiseaux et même un ruissellement d'eau. Elle sentit fortement la douce odeur des fleurs et de l'herbe qu'elle ne voyait pas encore et fut encore plus désorienté car elle était sûre qu'il n'y avait pas de jardin **sur son chemin**.

Angela se releva et la surprise de ce qu'elle vit la fit exclamer en **haletant**. Elle était dans une grande **plaine** couverte d'une multitude de fleurs et de quelques arbres. Elle sentit que ses sens étaient **plus aiguisés**, son **odorat**, sa **vision** et son **Ouïe** étaient plus **sensible** et elle remarqua que ce fut le cas aussi pour son **touché** lorsqu'elle passa sa main sur le tronc d'un arbre. Elle vit une petite rivière qui traversait la plaine et s'approcha d'elle pour voir si l'eau allait avoir un goût aussi différent que les autres sensations qu'elle ventait de vivre. Elle se pencha et ses yeux s'élargirent par l'image qui lui fit face. Ses cheveux avaient des **reflets** de couleurs d'arc-en-ciel et la couleur verte de ses yeux était devenue **plus éclatante**. Ses **vêtements** avaient également changé d'aspect et elle portait à présent une tunique de couleur bleu foncé et lorsqu'elle baissa les yeux pour voir le reste de sa tenue elle vit qu'elle portait aussi un pantalon blanc avec des **bottes** marron.

Une fois qu'elle se remit de la surprise de son changement d'apparence, elle **tendit** la main pour prendre un peu d'eau, mais elle n'eut pas l'occasion de le faire car son attention fit capturer par le **reflet** d'un grand dragon de **feu** qui passait au-dessus d'elle. Elle se tourna et le vit flotter à travers le ciel avec grâce et sentit la **chaleur** qu'il dégageait.

-Mais où suis-je ?! Marmonna-t-elle, **bouche bée**.

-Et bien à Galazio, évidement ! Une **voix** féminine lui répondit sur un ton jovial.

Angela **sursauta** et regarda autour d'elle pour voir qui venait de lui parler.

-Je suis là, un peu plus bas ! La voix la guida.

Lorsqu'elle baissa son regard, elle aperçut une **minuscule jeune femme** assise sur le pétale d'un **coquelicot**. Bien qu'elle pouvait clairement la voir, elle se mit **à genoux** et **pencha la tête** envers elle avec curiosité.

-Ne vient pas plus près, je vais attraper froid à cause de tes **expirations**. La petite femme dit avec un rire **taquin**.

-Vous... vous êtes une fée ? Dit-Angela en s'éloignant.

-C'est exacte.

-Vous pouvez **voler** ?

-Évidement ! La petite créature dit en sortant ses **ailes** fièrement.

-Et vous avez une **baguette magique** ?

-Euh, non.

-Ah... Je m'appelle Angela.

-Contente de faire ta connaissance, je suis Emmeline mais tu peux m'appeler Em, comme tout le monde.

Angela exprima sa joie de faire sa connaissance puis lui demande s'il y avait d'autres êtres magiques à Galazio.

-Tu as déja vu le dragon, il y en a d'autres comme lui. Dit-Em. Il y a aussi des Elfes, des **lutins** et des **licornes**, ainsi que des humains comme toi.

-Pas de sirènes ?

-Non, malheureusement. Mais tu peux en trouver sur la planète voisine ! Em pointa un des cercles blancs, qu'Angela avait vu auparavant, du doigt.

-Ce sont donc des plantes... Murmura-t-elle.

-Pas toutes, certaines sont des **lunes**.

-Je vois... Elle ne voyait pas vraiment grand-chose, mais que peut-elle dire dans une situation pareille ? Est-ce que je suis sensée **combattre** de **vilaines créatures** ? Demanda la fillette.

Em la regarda avec surprise. -Non, il n'y a pas vraiment de "vilaine créatures" ici, tout le monde vis **paisiblement**.

-Donc... dois-je aller explorer des **terres lointaines** ?

-Je... ne pense pas, non. Il n'y a pas grand-chose à explorer, cette planète est minuscule.

-Il doit sûrement y avoir quelque chose que je dois faire ! Une **quête** ou une aventure excitante ! Dit-Angela.

-Et bien... tu peux aller à l'école ! C'est amusant l'école...non ?

Angela ne prit même pas la peine de répondre et lâcha un grand **soupir**. -Quand est ce que je peux retourner chez moi ?

-Cela dépend de la manière dont tu es arrivé ici.

-J'ai... Angela fit une pause et réalisa qu'elle ignorait comment elle était arrivée dans cet endroit. Elle se rappela seulement de l'arc-en-ciel qu'elle avait vu mais il était trop loin et elle ne l'avait pas croisée. Elle avait seulement croisée la flaque d'eau... qui reflétait l'arc-en-ciel... serait-ce possible ? Elle le dit à Em qui lui dit que cela était sûrement le moyen de transport qui la fit venir ici.

-**Malheureusement**, Dit la fée. Les arcs-en-ciel apparaissent seulement lorsque Glazio, le soleil et la planète prisme s'alignent et cela n'arrive qu'une fois tous les quinze jours.

Angela ferma les yeux et baissa la tête avec découragement. Il était vrai qu'elle voulait partir en aventure dans un monde lointain mais, selon Em, il n'y avait rien à faire ici, tout comme sur terre !

-Allez, ne soit pas triste ! Je vais te faire visiter et on va te faire de nouveaux amis pour t'occuper jusqu'à l'arrivé de l'arc-en-ciel !

Em la prit par le **petit doigt** et la traîna un peu partout à travers Glazio. Elle vit les Dragons qui **luisaient** de mille feux et les Licornes aux douces **crinières** colorées, les Elfes, les Naines et les Humains de la planète étaient tous très gentils avec elle et l'invitèrent à l'assemblé du soir pour dîner avec eux.

La nourriture était splendide et elle découvrit enfin qu'en effet, le goût des choses était plus prononcé aussi dans ce monde.

Après le repas du soir, elle dansa un peu avec les enfants de Glazio et lorsqu'il était temps pour eux de rentrer chez eux, elle sentit une **tristesse** l'envelopper lorsqu'elle les vit partir avec leurs parents : son papa et sa maman lui manquaient.

-Allez, viens ! Madame Maeva t'a préparé ta chambre. Lui dit-Em. Au **lit** !

Lorsqu'elle fut dans son lit, elle regarda le plafond qui ne portait pas d'étoiles brillantes comme celui de sa chambre sur terre et souhaita de se retrouvée chez elle lorsqu'elle se réveillera le matin.

Le lendemain, elle laissa échapper un soupir lorsqu'elle vit qu'elle se trouvait toujours dans Glazio. Elle quitta son lit et sortit de la maison de Mme Maeva après avoir fait sa toilette et prit son petit déjeuner. Elle trouva Em dans le jardin entrain de l'attendre et se dirigea vers elle.

-Attention ! Cria la jeune fée.

Prise par surprise, Angela s'arrêta brusquement et sentit la chaleur avant de voir la forme d'un Dragon de feu qui passa **rapidement** devant elle. Elle perdit son **équilibre** et tomba sur l'herbe du jardin.

-Grr, Elle grogna. Mais regarde devant toi ! Cria-t-elle.

-Oui, Angela. Est-ce que tu as quelque chose à dire. Elle entendit la voix de Mme Rolland lui dire... Une petite minute ! Mme Rolland ?!! Elle ouvrit les yeux rapidement et vit qu'elle se trouvait dans sa classe et ses camarades et son institutrice la regardaient avec amusement.

-Je suis de retour... Chuchota-t-elle avant de détourner son regard vers ses vêtements et elle remarqua qu'elle portait son uniforme d'école.

Lorsque la cloche sonna, elle courra chez elle et embrassa ses parents. Il est vrai qu'il n'y avait pas de Dragons ni de Fées, mais elle était chez elle, parmi sa famille, et c'était tout ce qui comptait !

VOCABULARY

Table de chevet: *Bedside table*

Couette: *Comforter*

Éteindre la lumière: *To turn off the lights*

Entre-ouverte: *Ajar*

Étoiles lumineuses: *Shiny stars*

Défilaient: *Paraded*

Plafond: *Ceiling*

Nain: *Dward*

Arc-en-ciel: *Rainbow*

Pont: *Bridge*

Croiser: *To cross*

Fées: *Fairies*

Sirènes: *Mermaids*

Bruyante: *Noisy*

Vœu: *Wish*

Prête: *Ready*

Joua: *Played*

Récréation: *Recess*

Pleuvoir: *To rain*

Parapluie: *Umbrella*

Ensoleillée: *Sunny*

La météo prévoyait de la pluie: *The weather forecast predicted rain*

Flaques d'eau: *Puddles*

Reflet: *Reflection*

Partager la joie: *To share the joy*

Poussée: *Pushed*

Vent: *Wind*

Tomber: *To fall*

Dur: *Hard*

Trottoir: *Sidewalk*

Rose: *Pink*

Bruissement: *Rustling*

Sur son chemin: *On her way*

Haletant: *Gasping*

Plaine: *Meadow*

Plus aiguisés: *Sharper*

Odorat: *Sense of smell*

Vision: *Eyesight*

Ouïe: *Sense of hearing*

Sensible: *Sensitive*

Touché: *Touhced*

Reflets: *Shades*

Plus éclatante: *Brighter*

Vêtements: *Clothes*

Bottes: *Boots*

Tendit: *Extended*

Reflet: *Reflection*

Feu: *Fire*

Chaleur: *Heat*

Bouche bée: *Dumbstruck*

Voix: *Voice*

Sursauta: *Jumped up*

Minuscule jeune femme: *Tiny young woman*

Coquelicot: *Poppy flower*

À genoux: *On her knees*

Pencha la tête: *Leaned her head*

Expirations: *Exhalations*

Taquin: *Teasing*

Voler: *To fly*

Ailes: *Wings*

Baguette magique: *Magic wand*

Lutins: *Leprechaun*

Licornes: *Unicorn*

Lunes: *Moons*

Combattre: *To fight*

Vilaines créatures: *Vile creatures, Evil creatures*

Paisiblement: *Peacefully*

Terres lointaines: *Faraway lands*

Quête: *Quest*

Soupir: *Sigh*

Malheureusement: *Sadly*

Petit doigt: *Pinky finger*

Luisaient: *Shined*

Crinières: *Maine*

Tristesse: *Sadness*

Lit: *Bed*

Rapidement: *Quickly*

Équilibre: *Balance*

Lorsque la cloche sonna: *When the bell rang*

RESUME DE L'HISTOIRE

Après avoir entendu une histoire que sa mère lui avait raconté, Angela commença à penser à ce qui se passerait si elle venait à croiser un arc-en-ciel avant de s'endormir. Le lendemain, après avoir passé sa journée à l'école, et lorsqu'elle rentrait chez elle après avoir attendu que la pluie cesse, elle vit un arc-en-ciel dans une flaque d'eau qu'elle croisa sans y prêter attention. Elle se trouva par la suite dans un monde magique où ses sens étaient devenus plus forts et où elle trouva des créatures fantastiques dont une fée qui devint son amie. Lorsque celle-ci lui dit qu'il n y avait pas grand chose d'intéressant à faire dans cet endroit nommé Galazio, elle sentit l'envie d'aller chez elle mais elle due attendre l'apparition du prochain arc-en-ciel. Elle passa la soiré avec les habitants de la planète et le lendemain, elle eut un accident avec un dragon qui la fit tomber par terre, lorsqu'elle ouvrit les yeux elle se trouva de retour dans son monde et courra voir ses parents.

Summary of the Story

After hearing a story that her mother had told her, Angela began to think about what would happen if she came across a rainbow before falling asleep. The next day, after spending the day at school, she came home and waited for the rain to stop. She saw a rainbow in a puddle that she crossed without paying attention. She later found herself in a magical world called Galazio where her senses had become stronger. She found fantastic creatures including a fairy who became her friend. When the fairy told her that there weren't that many interesting things to do in Galazio, she felt the urge to go home but she had to wait for the next rainbow to appear. She spent the evening with the inhabitants of the planet and the next day she had an accident with a dragon that made her fall to the ground. When she awoke and opened her eyes, she found herself back in her own world and ran to see her parents.

QUESTIONS SUR L'HISTOIRE

1) Qui est ce qui avait dit au prince qu'un arc-en-ciel est un portail vers d'autres mondes?
    A. Un elf
    B. Une fée
    C. Un nain
    D. Une licorne

2) Comment Angela était-elle arrivée à Galazio?
    A. En croisant une flaque d'eau
    B. En croisant un arc-en-ciel
    C. En croisant une cascade
    D. En croisant un pont

3) Comment s'appelait la fée qu'Angela rencontra à Galazio?
    A. Emmeline
    B. Eveline
    C. Evangeline
    D. Eline

4) Où est-ce qu'Angela avait passé la nuit?
    A. Chez Mme Maelle
    B. Chez Mme Rolland
    C. Chez Mme Maeva
    D. Chez Mme Adline

5) Qui est ce qui avait poussé Angela avant son retour sur terre?
    A. Une Fée
    B. Une Sirène
    C. Une Licorne
    D. Un Dragon

QUESTIONS ABOUT THE STORY

1) **What hinted to the prince that a rainbow was a portal to other worlds?**
    A. An elf
    B. A fairy
    C. A dwarf
    D. A unicorn

2) **How did Angela get to Galazio?**
    A. By crossing a puddle
    B. By crossing a rainbow
    C. By crossing a waterfall
    D. By crossing a bridge

3) **Angela met a fairy in Galazio, what was her name?**
    A. Emmeline
    B. Eveline
    C. Evangeline
    D. Eline

4) **Where did Angela spend the night?**
    A. At Mrs. Maelle's
    B. At Mrs. Rolland's
    C. At Mrs. Maeva's
    D. At Mrs. Adline's

5) **Who pushed Angela before she came back to earth?**
    A. A fairy
    B. A mermaid
    C. A unicorn
    D. A dragon

ANSWERS

1) C
2) A
3) A
4) C
5) D

CHAPTER 6. VOIE LACTEE

Un bel **après-midi**, trois **chatons** jouaient près de leurs jeunes **propriétaires** qui écoutaient une **histoire** que leur mère leur racontait. C'était une histoire qui parlait des aventures d'un astronaute, et bien qu'ils ne prêtèrent pas beaucoup d'attention à ce qu'elle disait, leur attention fut capturée lorsqu'ils entendirent les mots : **voie lactée**.

-La voie lactée ? Dit-Monocle, une adorable **chatonne** avec un **œil encerclé de gris**. Est-ce qu'elle veut dire un **chemin couvert complètement de lait** ?

Oto, le plus jeune d'eux se **redressa** en imaginant ce qu'elle venait de dire et Farfouille, leur grand frère la fixa des yeux.

-Tu imagine si cet endroit existait vraiment ?

Les trois chatons furent transportés dans un univers **fictif**, où, dans un **vaisseau spatial** sombre et étroit, le commandant Farfouille, l'officier scientifique Oto et la mécanicienne navigante Monocle étaient assis l'un à côté de l'autre. Ils naviguèrent la **navette** à travers le cosmos, sérieusement et en silence. Leur mission était de trouvé la voie lactée légendaire et d'en ramener des **échantillons** et ils ne comptaient pas y **échouer**.

Ils s'arrêtèrent près d'une station spatiale pour s'informer sur le chemin à prendre pour y arriver et ils **téléchargèrent** un guide spatiale qu'ils chargèrent par la suite dans le système de leur vaisseau. Ils s'assurèrent qu'ils avaient assez de **carburant** et de provisions pour leur voyage puis reprirent leur **vol**.

Farfouilla pilota l'engin tandis qu'Oto faisaient des recherches sur leur destination et Monocle gardait un œil sur la condition de la navette. Au bout d'un moment, elle **remarqua** un point **clignoter** sur le radar et en fit la remarque à ses **coéquipiers**.

-Doit-on les attaquer, commandant ? Demanda-elle en se tournant vers Farfouille.

-Hmm... Il est vrai que ce sont nos **ennemies jurés** mais je pense qu'ils se dirigent vers une destination différente que la nôtre. Nous ferons mieux de nous **occuper de nos soucis** et de les ignorer. Répondît le commandant sans quitter l'écran du radar des yeux.

-Vous ne pensez pas qu'ils veulent **goûter** aux délices de la voie lactée aussi ? Demanda Oto en **remuant sa queue**.

-Non, je pense plutôt qu'ils ciblent le **fromage de la Lune**. Ils sont connus pour leurs préférences excentriques.

-N'oubliez pas que ces rats s'en prennent à tout, commandant. Je ne serais pas surprise s'ils viennent nous rejoindre après avoir fait leur plein sur la lune. Dit Monocle.

-Si cela venait à se passer, on fera d'eux notre **repas du soir**, je vous donne ma parole de chat.

Oto et Monocle hochèrent leurs têtes et **se concentrèrent** sur leurs **tâches** tandis que le commandant continua à diriger le vaisseau vers la fameuse rivière de lait flottante au bon milieu de l'espace.

Les trois chatons étaient de fameux aventuriers dans l'espace. Farfouille, étant de nature curieuse et **intrépide** aimait explorer l'univers. Oto aimer apprendre et faire des expériences, et Monocle trouvait leurs aventures amusantes et elle saisit toutes les occasions pour **bricoler** à bord de la navette.

Une fois arrivés à leur destination, les trois chatons mirent leurs **combinaisons d'espace** et descendirent du vaisseau. Ils flottèrent jusqu'à ce qu'ils arrivèrent au bord de la rivière de lait miraculeuse. La voie lactée était majestueuse, le lait qui y coulait était d'un blanc éclatant et dégageait une **lueur subtile** qui illuminait l'espace à proximité.

-**Chat-pristi** ! Murmura-Oto avec émerveillement.

-Je n'en crois pas mes yeux, c'est incroyable ! Monocle dit, tout à fait d'accord avec son frère.

-Si seulement on pouvait enlever nos **casques** ! Miaula-Farfouille avec regret. On aurait pu goûter au lait immédiatement, directement de la source !

Oto tendit la **patte** pour toucher au lait et constata qu'il était agréablement **chaud**. -On dit que ce lait est infusé avec de la **poussière d'étoile** !

-C'est donc pour ça qu'il **brille** autant !

-Oui et je soupçonne que c'est aussi ce qui le garde à la bonne température.

-**Trêve de bavardage** ! Les interrompit-Farfouille impatiemment. Sortez les **aspirateurs** et commençons à remplir les **réservoirs**.

Oto et Monocle **trempèrent** de longs tubes-aspirateurs dans la rivière et commencèrent à pomper du lait de la voie lactée dans les réservoirs de leur navette spatiale tandis que Farfouille surveillait les **niveaux** des réservoirs.

Soudain, Monocle leurs dit qu'il y avait un drôle de signal sur son radar portable. -On dirait qu'un vaisseau s'approche à toute vitesse vers nous !

-Restez-ici, je vais vérifier sur le radar de bord. Ordonna-Farfouille. Je suis sûr que ce n'est rien.

Quelques instants plus tard, Oto et Monocle furent ordonnés de retourner à bord du vaisseau. -C'est la navette des rats, ils viennent nous attaquer !

Lorsque les **rongeures** approchèrent, Farfouille **les visa** et commença à tirer sur eux avec les **armes laser** de sa navette.

-Monocle, tâche à **esquiver** leurs attaques pendant que nous tirons sur eux, Oto et Moi. Dit-Farfouille avec urgence.

Comment **osent** ces vermines les attaquer ? Près de la voie lactée en plus ! Il n'était pas question de les laisser près de la rivière sacrée ! Ils peuvent la contaminer, après tout !

Après une longue bataille pendant laquelle les deux navettes échangèrent des coups de feu, les rats **battirent en retraite** et la voie lactée fut à présent sauvée par les courageux chatons de l'espace.

-Mais qu'est-ce qu'ils font ? Les chatons entendirent une voix dire. Lorsqu'ils relevèrent leurs têtes, ils virent leurs propriétaires les regarder avec confusion.

Monocle sortit de la boite en carton dans laquelle ils jouaient et marcha vers la jeune humaine qui prenait soin d'elle. Farfouille et Oto firent de même et le groupe de chat commença à **ronronner** sous l'effet des caresses de leurs humains.

-Allez, rentrons ! Je suis sûre qu'ils ont **faim**, donnons-leur un peu de lait. L'humaine de Monocle dit à ses frères.

VOCABULARY

Après-midi: *Afternoon*

Chatons: *Kittens*

Propriétaires: *Owners*

Histoire: *Story*

Voie lactée: *Milky way*

Chatonne: *Female kitten*

Œil encerclé de gris: *Eye circled with gray*

Chemin couvert complètement de lait: *Road completely covered with milk*

Redressa: *Sat up*

Fictif: *Fictional*

Vaisseau spatial: *Space Vessel*

Navette: *Space ship*

Échantillons: *Samples*

Échouer: *To fail*

Téléchargèrent: *Downloaded*

Carburant: *Fuel*

Vol: *Flight*

Remarqua: *Remarked*

Clignoter: *To flicker*

Coéquipiers: *Teammates*

Ennemies jurés: *Sworn enemies*

Occuper de nos soucis: *To take care of our issues*

Goûter: *To taste*

Remuant sa queue: *Shaking his tail*

Fromage de la Lune: *Cheese of the moon*

Repas du soir: *Evening meal*

Se concentrèrent: *Focused*

Tâches: *Tasks*

Intrépide: *Fearless*

Bricoler: *To tinker*

Combinaisons d'espace: *Space suit*

Lueur subtile: *Subtle light*

Chat-pristi: *Word play on "Sapristi" which is a word said to express surprise*

Casques: *Helmets*

Patte: *Paws*

Chaud: *Warm*

Poussière d'étoile: *Stardust*

Brille: *Shine*

Trêve de bavardage: *Enough chit-chat*

Aspirateurs: *Vacuums*

Réservoirs: *Tanks*

Trempèrent: *Dipped*

Niveaux: *Levels*

Rongeures: *Rodents*

Les visa: *Targeted them*

Armes laser: *Laser weapons*

Esquiver: *To dodge*

Osent: *Dare*

Battirent en retraite: *Retreated*

Ronronner: *Purred*

Faim: *Hunger*

RESUME DE L'HISTOIRE

Trois chatons au nom de Farfouille, Monocle et Oto s'imaginèrent dans l'espace après avoir entendu une histoire. Ils étaient à la recherche de la voie lactée: une rivière de lait qui flottait dans l'espace. Ils naviguèrent leur navette spatiale et une fois arrivés, commencèrent à pomper du lait de la voie lactée dans leurs réservoirs, mais ils furent soudainement attaqués par leurs ennemies jurés: les rats. Il les combattirent et sortirent vainqueurs. La voix de l'une de leurs maîtres les fit sortir de leur monde imaginaire et ils rentrèrent avec eux.

SUMMARY OF THE STORY

Three kittens named Farfouille, Monocle and Oto imagined themselves in space after hearing a story. They were looking for the milky way: a river of milk floating in space. They sailed their space shuttle and once arrived, began pumping milk from the Milky Way into their tanks, but they were suddenly attacked by their sworn enemies: the rats. They were able to fight them off and declared victory. The voice of one of their owners brought them out of their imaginary world and they returned home.

QUESTIONS SUR L'HISTOIRE

1) L'histoire que la mère racontait était sur ...?
- **A.** Un astronaute
- **B.** Un pêcheur
- **C.** Un médecin
- **D.** Un pilote

2) Combien de chaton y avait-il?
- **A.** Un
- **B.** Deux
- **C.** Trois
- **D.** Quatre

3) Qui est-ce qui avait l'œil encerclé de gris?
- **A.** Oto
- **B.** Monocle
- **C.** Farfouille
- **D.** Aucun des chatons

4) Le lait de la voie lacté était...?
- **A.** Froid
- **B.** Coloré
- **C.** Acide
- **D.** Chaud

5) Qui est-ce qui attaqua le groupe de chaton?
- **A.** Les rats
- **B.** Les oiseaux
- **C.** Les chiens
- **D.** Les criquets

QUESTIONS ABOUT THE STORY

1) **The mother's story was about ...?**
   - **A.** An astronaut
   - **B.** A fisherman
   - **C.** A doctor
   - **D.** A pilot

2) **How many kittens were there?**
   - **A.** One
   - **B.** Two
   - **C.** Three
   - **D.** Four

3) **Who's eye was circled in grey?**
   - **A.** Oto
   - **B.** Monocle
   - **C.** Farfouille
   - **D.** None of the kittens

4) **The Milky Way's milk was ...**
   - **A.** Cold
   - **B.** Colored
   - **C.** Acid
   - **D.** Warm

5) **Who attacked the kittens?**
   - **A.** Rats
   - **B.** Birds
   - **C.** Dogs
   - **D.** Crickets

Answers

1) A
2) C
3) D
4) B
5) A

Chapter 7. Esprits differents

Théo regardait l'écran de la télévision avec attention en **buvant** le chocolat chaud que Maman lui avait apportée. Il regardait un **dessin animé** sur des enfants qui avaient pris une potion magique et étaient devenus minuscules pour explorer le **corps** de leur ami **malade** et découvrir ce qui l'avait mis dans cet **état**. À la fin du dessin animé, les enfants avaient neutralisé le virus qui avait causé la **grippe** de leur copain et celui-ci avait fini par **guérir**.

Le concept avait fasciné Théo et il se dit qu'il aurait aimé que ce genre d'excursion puisse être réel. Ses pensées furent interrompus par sa petite sœur qui laissa échapper un **soupire triste** en posant la **poupée** avec laquelle elle **jouait**. Théo la regarda et se demanda si, comme les enfants du dessin animé avaient exploré un corps humain, il serait possible d'explorer l'**esprit** d'une personne.

Dans le dessin animé, le corps du petit garçon était formé de **vaisseaux sanguins** et d'organes, Théo imagina que ce serait pareil pour tous les corps. Tout le monde a des **mains**, des **jambes**, une **tête** et un **cœur** après tout mais est-ce que c'était pareil pour les esprits ? Est-ce que tout le monde pense aux mêmes choses ? Certainement pas ! Théo le savait bien. Son amie Béatrice n'aimait pas les mêmes choses que lui et ils ont souvent des idées différentes. Il avait aussi remarqué que ses camarades de classes avait de différents **intérêts**, c'était clair lorsque l'institutrice leurs demandait de lire leurs expressions **écrites**.

Théo se laissa emporter par son imagination et essaya de **deviner** à quoi ressemblerait l'esprit de sa petite sœur.

Il se trouva dans un bac à sable géant plein de jouets. Le **ciel** était **rose** pale, Il y avait une douce **odeur** de shampoing à la **fraise** et il entendit le son de la musique de la **berceuse** que sa mère chantait souvent à sa sœur. Il marcha un peu à travers le bac à sable et vit une **balançoire** dans un coin, des **peluches** dans un autre et un **camion de glace** entre les deux coins.

Lorsqu'il avança **davantage**, il vit des dessins colorés de leurs famille que sa sœur avait dessinée et quelques vieux objets comme son **doudou** et une paire de chaussure qu'elle adorait quand elle était plus jeune et en conclut que cette partie du bac à sable représentait ses **souvenirs**.

-Et bien, c'est un endroit drôlement coloré... Se dit-il une fois qu'il avait fait le tour complet.

En revenant à la réalité, son attention fut capturée par le bruit de **froissement** du **journal** que Papa était en train de lire et il décida d'imaginer à quoi l'esprit de ce dernier ressemblait.

Il se trouva dans un endroit **fermé** aux murs gris. Il y avait un bureau, une chaise et plein de **casiers**. L'endroit était calme et silencieux et il y avait une forte odeur de **café** dans l'air. Il se demanda distraitement si Papa serait en colère contre lui s'il **fouillait** dans les **tiroirs** puis se rappela que cet endroit est issu de son imagination à lui. Il s'assied sur la chaise et vit qu'il y avait un **ordinateur portable** fermé, un **stylo** et des feuilles, un **cadre** contenant la photo de la famille -le seul élément de couleurs dans la pièce - et une barre de chocolat. Il rigola en voyant le dernier objet et pensa que son père aurait sûrement du chocolat noir dans son bureau au travail.

Il se leva pour aller voir ce qu'il y avait dans les tiroirs des casiers et vit qu'il y avait des **étiquettes** avec les mots : Famille, travail, sport et plein d'autres sujets écrits sur eux.

Le casier de la famille contenait des tiroirs pour chaque membre de la famille et quand il ouvrit le sien, il y trouva des photos de lui lorsqu'il n'était qu'un bébé ainsi que des petites anecdotes écrites sur des feuilles **triées** dans des dossiers.

Il y avait également un tiroir qui contenait les souvenirs de Papa et il y trouva ses photos d'**enfance** et de **jeunesse**.

-Quelle bonne mémoire ! Murmura-t-il. Il savait déjà que son père était très organisé et il se dit que son imagination avait fait un bon travail en composant cet endroit pour **refléter** l'esprit de son père.

Il se mit ensuite à penser à quoi ressemblerai l'esprit de sa **jolie** Maman et fut transporté dans une grande pièce éclairé par la **chaleureuse** lumière du soleil. Il y avait une bonne odeur de cookies et de fleurs. Il entendit une très belle musique joué au piano et vit pleins de photos de lui, sa sœur et son père sur les trois murs de couleur **vert** pale, le quatrième étant formé de

vitres qui s'étendirent du **sol au plafond** et qui lui permettaient de voir un grand **jardin** plein d'arbres et de fleurs.

Il retourna son attention vers la pièce et remarqua pour la première fois un **meuble en bois** plein de livres : des **romans**, des recueils de **poésie**, des livres d'histoire, des revues scientifiques et même des livres pour enfants.

-Je sais déjà ce que je vais lui acheter pour son **anniversaire**. Dit-il en rigolant.

Lorsqu'il cessa de **rêvasser**, Théo pansa qu'il avait formé ces images en se basant sur ce qu'il connaissait déjà de sa famille. Chaque endroit était plein de choses qu'ils aimaient, de couleurs qu'ils portaient et de **sons** qu'ils aimaient entendre... ou ne pas entendre, dans le cas de Papa.

Mais... pensa-t-il. À quoi peut bien ressembler mon esprit à moi ?

Vocabulary

Buvant: *Drinking*

Dessin animé: *Cartoon*

Corps: *Body*

Malade: *Sick*

État: *State*

Grippe: *The flu*

Guérir: *To heal*

Soupire triste: *Sad sigh*

Poupée: *Doll*

Jouait: *Was playing*

Esprit: *Mind*

Vaisseaux sanguins: *Blood vessels*

Mains: *Hands*

Jambes: *Legs*

Tête: *Head*

Cœur: *Heart*

Intérêts: *Interests*

Écrites: *Written*

Deviner: *To guess*

Ciel: *Sky*

Rose: *Pink*

Odeur: *Smell*

Fraise: *Strawberry*

Berceuse: *Lullaby*

Balançoire: *Swing*

Peluches: *Poppets, Teddy bears*

Camion de glace: *Ice cream truck*

Davantage: *More*

Doudou: *Blanket or toy that a child sleeps with*

Souvenirs: *Memories*

Froissement: *Rustling*

Journal: *Newspaper*

Fermé: *Closed*

Casiers: *Locker*

Café: *Coffee*

Fouillait: *Rummaged*

Tiroirs: *Drawers*

Ordinateur portable: *Laptop*

Stylo: *Pen*

Cadre: *Frame*

Étiquettes: *Labels*

Triées: *Sorted*

Enfance: *Childhood*

Jeunesse: *Youth*

Refléter: *Reflected*

Jolie: *Pretty*

Chaleureuse: *Warm*

Vert: *Green*

Vitres: *Windows*

Sol au plafond: *Floor to ceiling*

Jardin: *Garden*

Meuble en bois: *Wooden furniture*

Romans: *Novels*

Poésie: *Poetry*

Anniversaire: *Birthday*

Rêvasser: *Daydream*

Sons: *Sounds*

RESUME DE L'HISTOIRE

Théo regardait un dessin animé sur des enfants qui étaient devenus tout petits et exploraient le corps de leur ami malade. Il trouva cela intéressant et se demanda à quoi ressemblerait une exploration de l'esprit humain en comparaison. Il commença à imaginer l'apparence des esprits des membres de sa famille: sa petite sœur avait un esprit enfantin avec des jouets et des sons de berceuse, son père avait un esprit sérieux et organisé et sa mère avait un esprit doux et confortable. Il réalisa qu'il avait fondé les images qu'il avait imaginé sur les personnalités des membres de sa famille et se demanda à quoi son esprit à lui pouvait bien ressembler.

Summary of the Story

Theo was watching a cartoon about children who had shrank and were exploring the body of their sick friend. He found it interesting and wondered what an exploration of the human mind would look like. He began to imagine the appearance of the spirits of his family members: his little sister had a childish spirit with toys and lullaby sounds, his father had a serious and organized mind and his mother had a sweet and comfortable mind. He realized that he had based the images he had imagined on the personalities of his family members and wondered what his own mind could look like.

QUESTIONS SUR L'HISTOIRE

1) Que buvait Théo au début de l'histoire?
- **A.** Du chocolat chaud
- **B.** Du jus de fraise
- **C.** Du lait
- **D.** De la limonade

2) Dans le dessin animé, les enfants exploraient...?
- **A.** L'espace
- **B.** La mer
- **C.** Le corps humain
- **D.** L'esprit humain

3) Quel est le son que Théo écouta dans l'esprit de sa petite sœur?
- **A.** Une chanson de cantine
- **B.** Une chanson de générique d'un dessin animé
- **C.** Une berceuse
- **D.** Une mélodie de piano

4) Quelle odeur Théo avait sentit dans l'esprit de son père?
- **A.** Une odeur de chocolat
- **B.** Une odeur de fleurs
- **C.** Une odeur de café
- **D.** Une odeur de bonbons

5) De quels couleurs était les murs de l'esprit de Maman?
- **A.** Vert
- **B.** Bleu
- **C.** Rose
- **D.** Gris

QUESTIONS ABOUT THE STORY

1) What did Théo drink at the beginning of the story?
   - **A.** Hot chocolate
   - **B.** Strawberry juice
   - **C.** Milk
   - **D.** Lemonade

2) In the cartoon, the children explored...
   - **A.** Space
   - **B.** The sea
   - **C.** The human body
   - **D.** The human mind

3) What sound did Théo hear in his little sister's mind?
   - **A.** A canteen song
   - **B.** A cartoon's theme song
   - **C.** A lullaby
   - **D.** A piano melody

4) What odor did Théo smell inside his father's mind?
   - **A.** A chocolate odor
   - **B.** A flower odor
   - **C.** A coffee odor
   - **D.** A candy odor

5) Which color were the walls inside his mother's mind?
   - **A.** Green
   - **B.** Blue
   - **C.** Pink
   - **D.** Grey

ANSWERS

1) A
2) C
3) C
4) C
5) A

Chapter 8. La foret quatre-saisons

Stéphanie **fit tambouriner ses doigts** sur son bureau, les yeux fixés sur la **feuille blanche** qui était posé au centre avec un **stylo** en dessus.

-Mais qu'est-ce que je dois **choisir** ? Se demanda-t-elle en **se penchant en arrière** sur sa chaise avec un soupir.

Elle devait **écrire** un texte dans lequel elle **décrit** sa **saison préférée** et explique pourquoi elle l'aime tellement. C'était un **devoir** que leur enseignant leur avait demandé de faire et de rendre **le lendemain**. Pour Stéfy, les expressions écrites étaient faciles et amusantes à faire, d'ailleurs c'était une des rares choses qu'elle aimait avoir comme devoir. Le seul problème était qu'elle ne savait pas quoi choisir, elle aimait toutes les saisons et n'avait pas une qu'elle préférait. N'était-ce pas le but d'avoir quatre saisons en rotation, après tout, d'avoir l'occasion et le plaisir de les **vivre** toutes ?

Elle aimait la progression naturelle des saisons, elle aimait **le froid** et la **pluie** de l'**hiver**, les couleurs du **printemps**, la joie de l'**été** et la douceur de l'**automne**.

Après quelques moments de réflexion, elle décida de demander à ses parents qu'elle était leur saison préférée en espérant que ça **l'aiderait** à décider.

Papa avait dit qu'il aimait l'hiver et lorsque Stéfy lui avait demandé pourquoi pas les autres saisons, il avait dit que son allergie au **pollen** rendait le printemps pénible, qu'il y avait trop de **mouches** en automne et qu'il faisait trop chaud pendant l'été.

Maman avait choisi l'été simplement parce qu'elle pouvait **faire la grasse matinée** et ne devait pas se lever tôt pour **préparer le petit déjeuner** et **conduire** sa fille à l'école.

Pas vraiment convaincu par les raisons de ses parents qui semblaient être plus pratique qu'amusants, Stéphanie alla parler avec ses amis. Tous sauf un lui avaient dit qu'ils préféraient l'été parce que c'est la saison des **vacances** et qu'ils pouvaient jouer à volonté, n'avaient pas de devoirs et en plus ils pouvaient aller à **la plage**, le dernier lui avait dit qu'il aimait l'automne parce qu'il aimait voir les **feuilles des arbres** changer de couleur et le vol des oiseaux qui partent en migration vers des régions plus chaudes. Lorsqu'il lui demanda pourquoi elle voulait savoir, elle lui expliqua son problème.

-Je vois, alors ton soucis c'est que tu ne peux pas faire un choix, c'est ça ?

-Oui.

 Alors, pourquoi n'écris tu pas un texte qui contient toutes les saisons ? Une saison **quatre-en-un** en quelques sortes. Suggéra-t-il.

Stéphanie **tapota son doigt sur son menton** et prit quelques instants pour penser à l'idée de son ami. Ce n'était pas mal comme suggestion et l'enseignant n'avait pas précisé de **règles** qui pouvaient l'empêcher de le faire. Et puis, plus elle y pensait plus elle avait envie de le faire, elle trouvait ça amusant d'imaginer une saison qui regroupe les quatre qui existent. Elle remercia son ami puis rentra chez elle pour commencer son travail.

Elle s'assied sur sa chaise de bureau, ferma ses yeux et commença à imaginer son monde ou les saisons étaient fusionnées en une seule.

Elle imagina une belle **forêt** ou les arbres avaient un feuillage tantôt vert de printemps, tantôt **doré** d'automne, certains arbres étaient recouverts de **neige** et d'autres portaient des **fruits murs**. On y entendit le chant des oiseaux et des criquets et on pouvait voir des **abeilles** et des **papillons** butiner les fleurs et les **baies** qui étaient sur les **buissons**. Il ne faisait pas trop froid, ni trop chaud.

Stéphanie ouvrit ses yeux soudainement et secoua sa tête. - Non, ce n'est pas vraiment excitant de mélanger le tout... Murmura-t-elle.

Elle prit une pause et alla à la cuisine pour prendre son **goûter** et son regard fut capturé par l'**assiette compartimentée** qui contenait des condiments, il y avait de la mayonnaise, du ketchup, de la **moutarde** et du **houmous**. En la regardant, Stéfy se demanda à quoi ressemblerait sa forêt imaginaire si elle était **divisée** comme cette assiette avec les saisons à la place des condiments.

Elle s'assied sur l'une des chaises de la cuisine et se plongea dans son monde. Si elle pouvait voir la forêt **de haut**, elle aurait pu remarquer que celle-ci avait des bordures distinctes cette fois : on pouvait clairement voir ou une partie se termine pour laisser place à une autre. Elle commença à explorer cet endroit et ne tarda pas à constater qu'elle était dans la partie ou le printemps dominait, il y avait plein de couleurs, l'air était frai et les sons des animaux animaient l'endroit. Elle vit un **écureuil** courir d'un arbre à un autre et le suivit. Lorsqu'elle le vit **grimper**, son attention fit détournée vers les **pommes** suspendues sur une branche et elle sentit un changement subtil dans la température de l'air.

-Ah, je vois, c'est l'été ici... Dit-elle avant de continuer en avant. Elle leva le **bras** pour se protéger les yeux des rayons de soleil qui transperçaient les feuilles des arbres, dessinant des **motifs** mystérieux avec des **ombres** et des **lumières** sur le sol. Un **vent** soudain la fit marcher plus rapidement et elle baissa son bras lorsqu'elle entendit le son des **feuilles mortes** sur lesquelles elle marchait, les arbres étaient à présent vêtus de feuilles **jaunes**, oranges, **rouges** et **marrons** et elle sentit une odeur agréable de **terre** humide et de **champignons**. Elle se pencha au bord d'une rivière et retira sa main aussitôt qu'elle l'étendit pour toucher l'eau. Elle regarda l'autre côté de la rivière et vit que les arbres étaient dévêtus de leurs feuillages et recouvert d'un **épaisse** couche de neige.

Lorsqu'elle ouvrit les yeux, elle sourit et prit une **brioche au chocolat** avant de retourner dans sa chambre pour transformer ses pensées en mots. Le lendemain, lorsqu'elle lut son expression écrite, toute la classe, y compris son enseignant l'applaudit chaleureusement et tout le monde exprima son envie de visite sa forêt quatre-saisons.

Vocabulary

Fit tambouriner ses doigts: *Drummed her fingers*

Feuille blanche: *Blank paper*

Stylo: *Pen*

Choisir: *Choose*

Se penchant en arrière: *Leaning back*

Écrire: *To write*

Décrit: *Describe*

Saison préférée: *Favorite season*

Devoir: *Homework*

Le lendemain: *The day after*

Vivre: *To live, To go through*

Le froid: *The cold*

Pluie: *Rain*

Hiver: *Winter*

Printemps: *Spring*

Été: *Summer*

Automne: *Fall*

L'aiderait: *Would help her*

Mouches: *Mosquitoes*

Faire la grasse matinée: *To sleep in*

Préparer le petit déjeuner: *To make breakfast*

Conduire: *To drive*

Vacances: *School break*

La plage: *The beach*

Feuilles des arbres: *Tree leaves*

Quatre-en-un: *Four-in-one*

Tapota son doigt sur son menton: *Tapped her finger on her chin*

Règles: *Rules*

Forêt: *Forest*

Doré: *Golden*

Neige: *Snow*

Fruits murs: *Ripe fruit*

Abeilles: *Bees*

Papillons: *Butterflies*

Baies: *Berries*

Buissons: *Bushes*

Goûter: *Snack*

Assiette compartimentée: *Compartment plate*

Moutarde: *Mustard*

Houmous: *Hummus*

Divisée: *Divided*

De haut: *From above*

Écureuil: *Squirrel*

Grimper: *Climbed*

Pommes: *Apples*

Bras: *Arm*

Motifs: *Patterns*

Ombres: *Shadows*

Lumières: *Lights*

Vent: *Wind*

Feuilles mortes: *Dead leaves*

Jaunes: *Yellow*

Rouges: *Red*

Marrons: *Brown*

Terre: *Soil*

Champignons: *Mushrooms*

Épaisse: *Thick*

Brioche au chocolat: *Chocolate braid*

Resume de l'histoire

Stéphanie devait écrire un texte sur sa saison préférée mais elle ne sut pas quoi faire car elle aimait toutes les saisons et n'en préférait aucune. Elle décida de demander à ses parents et ses amis quelle est leur saison préférée et un ami finit par lui suggérer d'écrire un texte sur une saison qui les regroupe toutes. Au début elle essaya d'écrire une texte sur un monde ou toutes les saisons étaient fusionnées mais cela ne marcha pas et donc elle décida d'écrire sur une foret divisée où chaque partie était dominée par une saison. Son expression écrite plut à ses camarades et son enseignant qui l'applaudirent chaleureusement.

Summary of the Story

Stephanie had to write an essay about her favorite season but she didn't know what to do because she loved all of them equally. She decided to ask her parents and friends what their favorite season was and a friend finally suggested that she write an essay about a season that brings them all together. At first, she tried to write about a world where all the seasons were combined but it didn't make sense. So, she decided to write about a divided forest where each section had one of the four seasons. Her creative writing pleased her teacher and classmates who enthusiastically applauded her.

Questions sur l'histoire

1) **Quelle est le sujet que Stéphanie devait traiter pour son expression écrite?**
   - A. Sa saison préférée
   - B. Sa nourriture préférée
   - C. Son animal préféré
   - D. Son jouet préféré

2) **Pourquoi Papa n'aimait pas le printemps...?**
   - A. À cause de la chaleur
   - B. À cause des mouches
   - C. À cause du froid
   - D. À cause de son allergie

3) **Maman préféré l'été car pendant cette saison...?**
   - A. Elle pouvait aller à la plage
   - B. Elle pouvait faire la grasse matinée
   - C. Elle pouvait se lever tôt
   - D. Elle pouvait jouer dehors

4) **Pourquoi l'ami de Stéphanie préférait l'automne ?**
   - A. Parce qu'il aimait les mouches
   - B. Parce qu'il aimait le froid
   - C. Parce qu'il aimait voir les feuilles d'arbres changer de couleur
   - D. Parce qu'il aimait la chaleur

5) **Qu'est-ce qui avait inspiré Stéphanie pour écrire son texte sur une foret divisée selon les saisons?**
   - A. Un jouet
   - B. Un panier
   - C. Une assiette compartimentée
   - D. Un condiment

QUESTIONS ABOUT THE STORY

1) **About which subject did Stéphanie have to talk about in her essay?**
   - A. Her favorite season
   - B. Her favorite meal
   - C. Her favorite animal
   - D. Her favorite toy

2) **Why didn't day like Spring...?**
   - A. Because of the heat
   - B. Because of the flies
   - C. Because of the cold
   - D. Because of his allergies

3) **Mom preferred summer because ...**
   - A. She could go to the beach
   - B. She could sleep in
   - C. She could wake up earlier
   - D. She could play outside

4) **Why did Stéphanie's friend prefer the fall?**
   - A. Because he loved flies
   - B. Because he loved the cold
   - C. Because he liked to see the leaves changing colors
   - D. Because he loved the heat

5) **What inspired Stéphanie to write about a forest divided in seasons?**
   - A. A toy
   - B. A basket
   - C. A compartmentalized plate
   - D. A condiment

ANSWERS

1) A
2) D
3) B
4) C
5) C

Chapter 9. Je connais tous les mots !

Marianne, assise sur la chaise de bureau de son **grand frère**, lui racontait avec enthousiasme qu'elle était élue par sa classe pour écrire un poème pour la **compétition** de son école. Elle lui dit qu'elle voulait écrire quelque chose sur la nature et qu'elle voulait commencer immédiatement.

-Et bien, vas-y ! Dit-il après avoir exprimé sa **fierté** d'elle. Je vais te **prêter** mon dictionnaire si tu veux ! Il l'encouragea.

Marianne rit avec amusement et lui dit qu'elle n'avait pas besoin d'un dictionnaire.

-Je n'ai pas été élue pour rien, voyons ! Lui dit-elle. Je connais tous les **mots**, j'ai même gagné la **compétition d'orthographe** de mon école !

Grand frère sourit et souleva un sourcil avec **étonnement**. - Personne ne connaît tous les mots, Anne. Même les grands professeurs de littérature.

-Et bien, tant pis pour eux ! Moi je sais que je les connais tous. Je comprends tous les mots dans mon livre de lecture et je n'ai jamais eu besoin d'un dictionnaire ! Répondit la petite fille.

-Il est vrai que pour ton âge, tu as plus de connaissances que les autres en littérature mais il y a sûrement quelques mots que tu ignores.

-Non, aucun !

Grand frère adorait Marianne et ne voulait pas **lui faire de peine**, mais il ne voulait pas non plus qu'elle continue à penser qu'elle était arrivé au **bout du chemin** concernant son éducation. Il était fier du fait qu'elle avait de la **confiance en soi** mais il savait que ça pouvait très vite se transformer en arrogance et cela l'empêchera d'apprendre davantage de choses au futur, il était sûr qu'elle avait encore beaucoup à apprendre et il voulait l'aidé.

Il passa quelques minutes à penser à une bonne méthode pour **la corriger** sans la vexer et finit par lui suggérer de lui apprendre des choses à lui.

-Contrairement à toi, je ne connais malheureusement pas tous les mots... Argumenta-t-il avec **tristesse**.

Marianne qui aimait son grand frère et détestait le voir **mécontent**, accepta immédiatement de **lui apprendre** les mots qu'il ne connaissait pas.

-Peut être que tu peux me donner des descriptions des choses dont tu ne connais pas le nom et je te dirais comment elles s'appellent.

-C'est une très bonne idée ! Dit-il avec joie. Tu sais quoi, **il fait beau** aujourd'hui. On devrait sortir dans le jardin, comme ça tu vas aussi être inspirée pour ton poème.

Marianne accepta d'aller **dehors** et prit avec elle un petit **carnet** et un **stylo**, quant à son grand frère, il n'emporta que son **téléphone portable** avec lui.

Les deux s'installèrent sur le **gazon** et Marianne lui dit de commencer. Grand frère, ne voulant pas la décourager commença par quelque chose de plutôt facile.

-Tu sais ce qu'on appelle ça ? Dit-il en lui montrant les petites boules de tissues qui s'étaient formée sur son pull.

-Oh, ça, c'est de la **bouloche** ! Marianne lui répondit immédiatement.

-Je vois ! Et ces herbes que Maman utilise dans la cuisine ? Il dit en pointant le doigt vers le petit jardin potager.

-Ce sont des **aromates** !

-Tu peux me dire ce qu'on appelle une personne qui fait des acrobaties devant les gens dans la **rue** ?

-Euh, un clown ? Un acrobate ?

-Non, non, je crois qu'ils ont une autre appellation.

-Je n'en connais pas d'autres. Marianne répondit avec **embarras**.

-Ne t'inquiète pas, on va chercher sur internet. Grand frère écrit quelques mots sur le clavier de son téléphone puis montra à Marianne le contenu de son écran. Ah, regarde là ! Ça s'appelle un saltimbanque.

-Oh ! Bon, d'accord alors. Je ne connais pas un mot, ce n'est pas grave ! Vas-y ! Décris-moi autre chose ! Dit-elle.

-Comment s'appelle le plat que Maman fait avec des **haricots** blancs et des **saucissons** ?

-Le cassoulet !

-Oh ! Et celui avec les choux fermentés ?

-La choucroute !

Grand frère l'applaudit avec admiration. -Tu peux me dire ce qu'on appelle l'élevage de **lapins** domestique ?

Marianne pensa un moment avant de dire qu'elle ne croyait pas qu'il y a un mot pour ça, mais grand frère lui dit qu'il valait mieux **vérifier** quand même.

-Ah ! Là ! **Cuniculture** !

-C'est **mignon** comme mot. Dit Marianne en rigolant.

-Bon, continuons. Dit grand frère. Comment s'appellent ces fleurs ? Il dit on montrant de belles fleurs aux pétales roses.

-Des... euh, je ne sais pas. Marianne lui dit.

Il en prit une photo et lança une **recherche** basée sur images. -Regarde, on dit ici que ça s'appelle des Rhododendron.

-C'est un peu difficile à prononcer, hein ? Lui demanda-t-elle.

-Tout à fait. Reprenant, tu veux bien ?

-Non... Tu sais... je ne suis plus aussi sûre que je connais tous les mots, après tout. J'en connais beaucoup, mais il y en a pas mal que je ne connais pas.

-Ce n'est pas grave. Dit Grand Frère. Tu peux toujours les apprendre, tu es encore **jeune**. Peut-être que lorsque tu auras mon âge, tu vas les connaître tous !

-Peut-être même avant ! Marianne dit avec enthousiasme.

-Oui ! Pourquoi pas !

Ils gardèrent le silence pour un moment puis Marianne leva sa tête timidement. -Tu veux bien m'apprendre comment chercher des mots sur internet comme tu le fais ?

-Bien sûr ! Dit Grand Frère. Et je peux même te montrer comment le faire sur un dictionnaire, tu peux aussi t'en servir pour apprendre plus de mots.

-D'accord ! Merci.

Grand Frère lui dit qu'ils feraient mieux de **rentrer**. -Tu as un poème à écrire, après tout !

VOCABULARY

Grand frère: *Big brother*

Compétition: *contest*

Fierté: *pride*

Prêter: *To lend*

Mots: *Words*

Compétition d'orthographe: *Spelling bee*

Étonnement: *Astonishment*

Lui faire de peine: *Hurt her*

Bout du chemin: *End of the road*

Confiance en soi: *Confidence*

La corriger: *Set her straight*

Tristesse: *Sadness*

Mécontent: *Unhappy*

Lui apprendre: *Teach him*

Il fait beau dehors: *It's nice outside*

Carnet: *Notebook*

Stylo: *Pen*

Téléphone portable: *Cell phone*

Gazon: *Lawn*

Bouloche: *Lint*

Aromates: *Cooking herbs*

Rue: *Street*

Embarras: *Embarrassment*

Haricots: *Beans*

Saucissons: *Sausage*

Lapins: *Rabbits*

Vérifier: *To make sure*

Cuniculture: *Rabbit keeping*

Mignon: *Cute*

Recherche: *Search*

Jeune: *Young*

Rentrer: *Go back inside*

RESUME DE L'HISTOIRE

Marianne avait été choisie par ses camarades de classe pour écrire un poème. Lorsque son frère lui offrit d'utiliser son dictionnaire, elle lui dit qu'elle n'en avait pas besoin et qu'elle connaissait déjà tout les mots. Grand Frère, inquiet pour elle, décida de lui faire voir qu'il y avait encore des mots qu'elle ignorait et qu'elle pouvait apprendre en lui demandant de lui dire comment certaines chose s'appelaient. Marianne découvrit qu'il y avait encore beaucoup de mots qu'elle ignorait et demanda à son frère de lui apprendre comment chercher des mots sur internet comme il le faisait.

Summary of the Story

Marianne had been chosen by her classmates to write a poem. When her brother offered his dictionary to her, she told him that she didn't need it because she believed she already knew every word. Her big brother, worried for her, decided to let her see that there were still words she didn't know. He told her that she could learn by asking him how certain things were called. Marianne realized that there were still many words to discover and asked her brother to teach her how to search on the internet for new words just like he did.

Questions sur l'histoire

1) Par qui Marianne était-elle élue pour écrire un poème?
- **A.** Par sa famille
- **B.** Par sa directrice d'école
- **C.** Par son enseignant
- **D.** Par ses camarades de classe

2) Qu'avait Marianne gagné dans son école?
- **A.** La compétition de sport
- **B.** La compétition de musique
- **C.** La compétition d'orthographe
- **D.** La compétition culinaire

3) Pourquoi Marianne ne voulait pas utiliser le dictionnaire?
- **A.** Parce qu'elle n'en avait pas besoin
- **B.** Parce qu'elle le trouvait moche
- **C.** Parce qu'il était vieux
- **D.** Parce qu'il manquait de pages

4) Parmi ces mots, lequel Marianne ne connaissait pas?
- **A.** Bouloche
- **B.** Cassoulet
- **C.** Aromate
- **D.** Saltimbanque

5) À la fin, Marianne avait...?
- **A.** Découvert qu'il y avait des mots qu'elle ne connaissait pas
- **B.** Confirmée qu'elle connaissait tout les mots
- **C.** Aidée Grand Frère à apprendre les mots qu'il ne connaissait pas
- **D.** Écrit son poème

Questions About the Story

1) By whom was Marianne elected to write a poem?
- **A.** By her family
- **B.** By her school principal
- **C.** By her teacher
- **D.** By her classmates

2) What did Marianne win at her school?
- **A.** A sports competition
- **B.** A music competition
- **C.** A spelling bee
- **D.** A cooking competition

3) Why didn't Marianne want to use the dictionary?
- **A.** Because she didn't need it
- **B.** Because she found it lousy
- **C.** Because it was old
- **D.** Because pages were missing

4) Among these words, which one did Marianne not know?
- **A.** Bouloche
- **B.** Cassoulet
- **C.** Aromate
- **D.** Saltimbanque

5) In the end, Marianne …
- **A.** Discovered there were words she didn't know
- **B.** Confirmed she knew all the words
- **C.** Helped her older brother learn words he didn't know
- **D.** Wrote her poem

Answers

1) D
2) C
3) A
4) D
5) A

CHAPTER 10. ARGENT DE POCHE

Jules regardait son père avec de grands yeux pétillants pendant qu'il lui expliquait l'intérêt d'avoir de l'**argent de poche** avant de lui donner ce qu'il considérait être une petite somme. Mais, pour le petit garçon qui n'avait jamais tenu autant d'**argent**, c'était une vraie fortune.

-Je suis riche... Murmura-t-il.

-Et bien... Son père n'avait pas le cœur de le **contredire** et se suffit de lui sourire.

-Je vais pouvoir **acheter** tant de choses ! Vite, Papa, prends une feuille et fais une liste de tout ce que je te dis ! Jules tira son père par la manche et lui demanda de s'asseoir sur sa chaise de bureau.

Papa, céda à sa demande et prit un stylo et une feuille blanche. **-Je t'écoute**. Lui dit-il.

-Euh, d'accord, alors... la première chose que je veux acheter est une petite **voiture téléguidée**.

Papa prit note et retourna son regard vers Jules.

-Je vais aussi acheter une machine à **glace**, un nouveau **vélo**, des **jeux** vidéo et un ballon de **football**.

Jules attendit que son père finît de noter tout ça puis énuméra un tas d'autres choses. Au bout d'une **demi-heure**, Papa avait deux feuilles remplies d'objets que son fils voulait s'acheter avec son argent de poche. Il sourit avec amusement et se demanda comment il allait dire à son petit garçon que l'argent qu'il lui avait donné **n'allait pas lui suffire** pour s'acheter toutes ces choses.

Il regarda Jules courir au **meuble à chaussures** et mettre ses petites basquettes. -Allez, viens mettre tes chaussures ! Il lui dit avec impatience. Tu dois me **conduire** au **centre commercial** pour que je puisse acheter mes affaires.

-Pas encore. Dit Papa.

Jules fronça les sourcils, mécontent. -Pourquoi pas ?

-Viens là, mon chéri. Papa lui demanda en tapotant ses **genoux** et Jules courra s'y installer. -Je sais que tu es excité et content de recevoir ta première allocation d'argent de poche mais je dois te dire que l'argent que tu as ne va pas te suffire pour acheter tout ce que nous avons noté. En fait, il ne te suffira même pas pour acheter quoi que ce soit dans ta liste prestigieuse.

Déçu, Jules baissa la tête et bouda. Comment pouvait-papa lui dire une chose pareil ?! Et pourquoi ne l'avait-il pas dit **avant** ?

-Regarde-moi. Papa demanda doucement. Tu ne peux pas acheter quelque chose de cher avec, mais tu peux en **économiser** une partie et au bout de quelques mois tu vas pouvoir t'acheter une des choses dans ta liste. La voiture, par exemple.

-Une partie ? Jules le regarda avec confusion. Tu ne crois pas qu'il serait mieux pour moi d'économiser tout mon argent de poche ?

Papa hocha la tête. -Tu peux le faire mais... ne voudrais-tu pas en **dépenser** une partie ? T'acheter des **bonbons** pour toi et tes amis ? Il est bien d'avoir plein de **jouets** mais au bout d'un moment tu vas t'en lasser et vouloir sortir jouer avec tes copains dehors.

Jules y pensa pour un petit moment, puis dit à son père qu'il ne voulait pas le faire.

-Maman dit toujours que les bonbons causent des **caries** de toute façon. Je ne veux pas que mes **dents** tombent ni ceux de mes amis.

Papa soupira, secoua la tête avec amusement, puis lui dit : -D'accord, c'est comme tu veux.

Il lui offrit par la suite une petite **tirelire** en forme de **tortue** et lui expliqua qu'elle lui servirait à garder son argent.

-Mais sache qu'une fois que tu y mets de l'argent, tu ne peux plus le reprendre parce qu'il n y a pas moyen de l'ouvrir.

-Comment je vais faire lorsque j'en ai assez pour acheter ma voiture alors ?

-Et bien, tu vas la **briser** !

Jules regarda son père avec de grands yeux surpris. -Tu veux que je brise la tortue ?

Papa rigola un peu et l'assura que c'est ainsi que la plus part des tirelires marchent. -La prochaine fois je t'offrirais une avec un **cadenas**, comme ça tu vas pouvoir la garder. Lui promit-il.

Après quelques jours, lorsqu'il jouait avec ses deux meilleurs amis, Jules vit un **camion de glace** se garer près d'eux. Ses deux copains sortirent leur argent et achetèrent des **cornets** qu'ils partagèrent avec lui. Il se sentit un peu coupable de ne pas avoir voulu garder une partie de son argent pour leur rendre la pareil et le dit à son père.

-Et bien, on ne peut pas retirer de l'argent de ta tirelire mais je peux te donner une petite avance sur ton allocation du **mois prochain**.

-Vraiment ?

-Oui, mais tu dois d'abord prouver que tu le **mérite**. Tu dois **gagner** ton argent.

-Qu'est-ce que je dois faire ? Le petit garçon demanda.

-Sois un bon petit garçon, **aide** Maman en **rangeant ta chambre** et fait tes devoirs. Ne fait pas de **bêtises** et ne te dispute pas avec tes camardes de garderie et puis c'est tout ! Papa dit avec un sourire encourageant.

-D'accord. Dit Jules. Et quand est-ce que je peux avoir l'argent ?

-Dans trois jours.

-Marché conclu !

Papa rigola et **surveilla** son fils pendant les jours qui suivirent. Il était content de voir Jules apprendre à être responsable avec son argent et à devenir plus généreux avec. Lorsque trois mois s'écoulèrent, il décida de lui donner une **augmentation**.

-Pourquoi ? Demanda-Jules.

-Parce que tu l'as mérité. Tu as été gentil avec ton institutrice et tes camarades et tu as gardé ta chambre bien propre et tu m'aide moi et Maman en donnant des **bains** au **chien** et en **arrosant** les plantes du jardin. Tu as fait du bon travail et c'est ta récompense.

Content, Jules remercia son père et acheta une tablette de chocolat qu'il partagea avec ses parents. Il avait réalisé qu'il ne devait pas être riche pour partager des choses avec ses amis et sa famille et que cela le rendait plus heureux que toutes les voitures téléguidées au monde.

VOCABULARY

Argent de poche: *Allowance*

Argent: *Money*

Contredire: *Contradict*

Acheter: *To buy*

Je t'écoute: *I'm listening*

Voiture téléguidée: *Remote-controlled car*

Glace: *Ice cream*

Vélo: *Bike*

Jeux: *Games*

Football: *Soccer*

Demi-heure: *Half an hour*

N'allait pas lui suffire: *Wasn't going to be enough*

Meuble à chaussures: *Shoe cabinet*

Conduire: *To drive*

Centre commercial: *Shopping center, Mall*

Genoux: *Knees*

Avant: *Before*

Économiser: *To save money*

Dépenser: *To spend money*

Bonbons: *Candy*

Jouets: *Toys*

Caries: *Cavities*

Dents: *Teeth*

Tirelire: *Piggy-bank*

Tortue: *Tortoise*

Briser: *To break; To shatter*

Cadenas: *Lock*

Camion de glace: *Ice cream truck*

Cornets: *Cones*

Mois prochain: *Next month*

Mérite: *Deserve*

Gagner: *To earn*

Aide: *Help*

Rangeant ta chambre: *Cleaning your room*

Bêtises: *Misbehavior*

Surveilla: *Watched*

Augmentation: *Raise*

Bains: *Baths*

Chien: *Dog*

Arrosant: *Watering*

RESUME DE L'HISTOIRE

Jules, content de recevoir sa première allocation d'argent de poche, crut qu'il était riche à présent. Il demanda à son père de lui écrire une liste contenant tous les objets qu'il voulait acheter qu'il lui dicta. Papa le fit mais lorsque Jules lui demanda de l'emmener au centre commerciale pour acheter ses objets, il lui dit que son argent n'allait pas lui suffire et lui conseilla d'en économiser une partie. Jules décida de mettre tout son argent dans sa tirelire mais regretta sa décision lorsqu'il eut l'envie de partager des friandises avec ses amis. Papa lui offrit une avance sur son argent de poche du mois prochain à condition qu'il le mérite en étant un bon petit garçon. Après quelques mois, Jules reçu une augmentation sur son argent de poche et fêta cela en achetant du chocolat qu'il partage avec ses parents.

Jules was so excited to receive his first allowance, he even felt like he was rich. He asked his father to help him write a list of all the items he wanted to buy. His Dad did as he requested but when Jules asked to take him to the mall to buy all of the items, he told him that he wouldn't have enough money. Instead he advised him to save some of it. Jules decided to put all his money in his piggy bank but regretted the decision when he wanted to buy and share treats with his friends. His Dad offered Jules an advance on his allowance for next month provided he deserves it by being a good little boy. After a few months, Jules received an increase allowance and celebrated by buying chocolate and sharing it with his parents.

QUESTIONS SUR L'HISTOIRE

1) Lorsque Jules reçu son allocation, il pensa qu'il était...?
- **A.** Pauvre
- **B.** Riche
- **C.** Aisée
- **D.** Comme avant

2) Parmi ces objets, lequel était dans la liste de Jules?
- **A.** Une machine à glace
- **B.** Une moto
- **C.** Un ours en peluche
- **D.** Un skateboard

3) Que conseilla Papa à Jules pour pouvoir s'acheter un des objets de la liste?
- **A.** De dépenser tout son argent
- **B.** D'économiser une partie de son argent
- **C.** D'économiser tout son argent
- **D.** De trouver du travail

4) Où est-ce que Jules mit son argent?
- **A.** Dans une boite en métal
- **B.** Dans un tiroir
- **C.** Dans une tirelire
- **D.** Dans une chaussette

5) Qu'est-ce que Papa avait donné à Jules après trois mois?
- **A.** Un vélo
- **B.** Une tablette de chocolat
- **C.** Une voiture téléguidée
- **D.** Une augmentation

Questions About the Story

1) When Jules got his allowance, he thought he was ...
- **A.** Poor
- **B.** Rich
- **C.** Well off
- **D.** Like before

2) Which of these objects was in Jules' list?
- **A.** An ice cream machine
- **B.** A motorcycle
- **C.** A teddy bear
- **D.** A skateboard

3) What did dad recommend Jules to do to buy an item on his list?
- **A.** To spend all his money
- **B.** To save part of his money
- **C.** To save all of his money
- **D.** Find a job

4) Where did Jules put his money?
- **A.** In a metal box
- **B.** In a drawer
- **C.** In a piggy bank
- **D.** In a sock

5) What did dad give Jules after three months?
- **A.** A bike
- **B.** A chocolate bar
- **C.** A radio-controlled car
- **D.** A raise

Answers

1) B
2) A
3) B
4) C
5) D

Conclusion

Congratulations reader, you made it!

At this point we have shared some laughs, learned some French and more importantly had fun. From here we recommend that you go back through the stories and read them again as your comprehension has surely improved and you're bound to pick up something you may not have seen the first time. The best way to learn this material is through repetition and understanding the words in context. With your expanded vocabulary and improved French skills we also encourage you to even write your own stories! We want to thank you for reading our book and we truly hope you had a wonderful time and learned something new with our French Short Stories.

Keep an eye out for more books in the series as our mission is to serve you, the reader with engaging, fun language learning material.

ABOUT THE AUTHOR

Touri is an innovative language education brand that is disrupting the way we learn languages. Touri has a mission to make sure language learning is not just easier but engaging and a ton of fun.

Besides the excellent books that they create, Touri also has an active website, which offers live fun and immersive 1-on-1 online language lessons with native instructors at nearly anytime of the day.

Additionally, Touri provides the best tips to improving your memory retention, confidence while speaking and fast track your progress on your journey to fluency.

Check out https://touri.co for more information.

OTHER BOOKS BY TOURI

FRENCH

French Short Stories for Beginners (Volume 1): 10 Exciting Short Stories to Easily Learn French & Improve Your Vocabulary

Conversational French Dialogues: 50 French Conversations and Short Stories

SPANISH

Conversational Spanish Dialogues: 50 Spanish Conversations and Short Stories

Spanish Short Stories for Beginners (Volume 1): 10 Exciting Short Stories to Easily Learn Spanish & Improve Your Vocabulary

Spanish Short Stories for Beginners (Volume 2): 10 Exciting Short Stories to Easily Learn Spanish & Improve Your Vocabulary

Intermediate Spanish Short Stories (Volume 1): 10 Amazing Short Tales to Learn Spanish & Quickly Grow Your Vocabulary the Fun Way!

Intermediate Spanish Short Stories (Volume 2): 10 Amazing Short Tales to Learn Spanish & Quickly Grow Your Vocabulary the Fun Way!

100 Days of Real World Spanish: Useful Words & Phrases for All Levels to Help You Become Fluent Faster

Learn Medical Spanish in 100 Days: Daily List of Relevant Medical Spanish Words & Phrases to Help You Become Fluent

ITALIAN

Conversational Italian Dialogues: 50 Italian Conversations and Short Stories

ONE LAST THING...

If you enjoyed this book or found it useful, we would be very grateful if you posted a short review.

Your support really does make a difference and we read all the reviews personally. Your feedback will make this book even better.

Thanks again for your support!